OPPERWEG

AF188950

Über den Autor

René Falk wurde 1955 geboren. Er ist ein echter Rheinländer und lebt in Troisdorf, einem Nachbarort von Köln. Schon sehr früh zeigte sich seine Neigung zum Schreiben von Kurzgeschichten, vor allem im Bereich SF und Fantasy. Später richtete sich sein Interesse mehr auf das Genre Krimis & Thriller und bald begann er selbst Krimis zu schreiben. Und wenn es ihm mit seinen Geschichten gelingt, seinen Lesern die eine oder andere (ent)spannende Stunde zu verschaffen, hat er nichts falsch gemacht.

OPFERWEG

René Falk

Bibliografische Information der Deutschen Nationalbibliothek: Die Deutsche Nationalbibliothek
verzeichnet diese Publikation in der Deutschen
Nationalbibliografie; detaillierte bibliografische
Daten sind im Internet über http://dnb.dnb.de
abrufbar.

René Falk
OPFERWEG

Umschlaggestaltung: *MyCoverDesigner.com*
Text und Innenillustrationen: *René Falk*

Herstellung und Verlag:
BoD - Books on Demand, Norderstedt

ISBN: 978-3-7494-1029-3

Inhaltsverzeichnis

Über dieses Buch

Polizeihauptkommissar Kurt Heimann macht am frühen Montagmorgen im Rahmen einer Mantrailer-Übung am Ufer der nahen Wahnbachtalsperre einen grausigen Fund: Labrador Retriever Hündin Cassy stöbert im Unterholz die Leiche einer nur spärlich bekleideten jungen Frau auf, die während der Nacht dort abgelegt wurde. Schnell erkennt man, dass die Frau an einem anderen Ort getötet worden sein muss. Die herbeigerufene Rechtsmedizinerin Martina de Luca schließt zudem ein Sexualdelikt nicht aus. Wer ist die Unbekannte, und warum wurde ihre Leiche ausgerechnet dort, fern jeglicher Zivilisation, deponiert? Und das Wichtigste: Gibt es Spuren, die zum Täter führen?

DIE HAUPTPERSONEN

Name	Alter	Größe	Dienstgrad	Fähigkeiten, Auftreten, Soziales
Peter Donner	51	1,77	Erster Hauptkommissar	Regiert das Kommissariat mit strenger aber gerechter Hand. Er ist bei allen seinen Mitarbeitern beliebt und überlässt meist die Ermittlungsarbeit seinen Leuten. Verheiratet mit Adelheid Donner.
Tobias Heller	39	1,85	Hauptkommissar	Bevorzugt den Turnschuh-Look mit Motorrad-Lederjacke. Der bekennende Friseurverweigerer und Besitzer einer über 30 Jahre alten BMW trägt das dunkelblonde Haar schulterlang und verfügt über ein nahezu perfektes Gedächtnis. Verheiratet mit Melanie Heller.
Denise Malowski	37	1,70	Hauptkommissarin	Besitzt einen schwarzen Gürtel in Taekwondo und liebt ihre zweijährige Tochter Leonie und ihren Beruf über alles. Das hellbraune Haar ist meist zu einem Pferdeschwanz gebunden. Ihr Smart Cabrio ist oft Gegenstand von Gespött durch Tobias Heller. Verheiratet mit Sven Leuchter.
Horst Weiland	29	1,80	Oberkommissar	Der begeisterte Marathon-Läufer ist ein Schulfreund von Wolfgang Müller und Vater eines vierjährigen Jungen. Seine ungewöhnlichen Theorien zum Tathergang führen oft zum Erfolg. Verheiratet mit Birgit Weiland.
Wolfgang Müller	30	1,89	Oberkommissar	Wird von seiner Freundin aufgrund einer tiefen Stimme und der gewaltigen Erscheinung Brummbär genannt. Er verfügt über ein großes Allgemeinwissen. Seine ruhige und besonnene Art wird von allen geschätzt.
Christina Ohlsen	27	1,62	Kommissarin	Die zierliche Ermittlerin wird meist Chrissie gerufen und lebt privat mit Wolfgang Müller zusammen. Ihre Treffsicherheit beim Schießtraining liegt bei konstant 100%. Hält sich zwei Frettchen mit den Namen Esmeralda und Quasimodo. Die blonden Haare sind meist zu einem Fransenpony geschnitten mit lila Strähnchen. Sie war in ihrer Jugend einmal Ju-Jutsu Landesjugendmeisterin.

Jeder ist ein Mond und hat eine dunkle Seite,
welche er niemals irgendjemandem zeigt.

- Mark Twain -

PROLOG

Kurt Heimann schaut sich um. In der Nacht ist, wie vorausgesagt, ein kräftiger Regenschauer in dieser Gegend heruntergekommen. Der Wald rund um den nördlichen Bereich der Talsperre dampft förmlich unter den wärmenden Strahlen der morgendlichen Sommersonne, die soeben im Begriff ist, sich vollständig über den östlichen Horizont zu schieben. Die von hier aus sichtbare Wasserfläche des größten Trinkwasserreservoirs des Rhein-Sieg-Kreises wird von ihren goldenen Strahlen förmlich überflutet. Ein großartiger Anblick!

Hier, im Bereich hinter der nördlichen Staumauer, staut sich der Wahnbach und bildet einen eigenen, kleinen See: das sogenannte Vorbecken. Es ist ringsherum, wie überhaupt die ganze Talsperre, von einem schmalen, bewaldeten Grüngürtel eingefasst. Die Wahnbachtalsperre ist zwar rundherum von Bebauung umgeben, die vornehmlich den Ortschaften Neunkirchen-Seelscheid im Norden und Osten, Lohmar im Westen, sowie Siegburg im Süden zugeordnet sind.

Bedingt durch den zwar schmalen, aber blickdichten Waldgürtel rund um die Wasserfläche hat man dennoch eher das Gefühl von Einsamkeit, obwohl die nächsten Häuser nur wenige hundert Meter entfernt angesiedelt sind. Und dieses Gelände ist bestens geeignet für das geplante Training. Jenseits des Baumgürtels liegen die Ortschaften Pohlhausen und Bruchhausen, sowie die B56, die ihn, von Siegburg kommend, hierher führte. Bruchhausen, eine aktuell siebenundfünfzig Seelen zählende Ansiedlung, liegt zudem verkehrsgünstig an der B507, die unweit von hier die B56 kreuzt. Über einen genügend breiten, naturbelassenen Feldweg, der am Rande der kleinen Ortschaft beginnt, konnte er unmittelbar bis hierher an das Seeufer fahren.

Der Zeitpunkt für die anstehende Übung mit Labrador Retriever Hündin Cassy könnte zudem nicht günstiger sein. Um diese Zeit, kurz nach Sonnenaufgang, ist er mit seinem Hund allein auf weiter Flur, zumal der obere Teil der Talsperre ohnehin wenig von Ausflüglern und Spaziergängern frequentiert ist.

Die Spur, die er mit einem speziellen Suchdummy für Spürhunde am Abend zuvor legte, indem er es auf seinem Weg quer durch das Wäldchen hinter sich herzog, ist noch frisch und der Platzregen nach Mitternacht eine willkommene Erschwernis für den Mantrailer.

Das Tier wird die Herausforderung meistern, da ist sich der Leiter der K-9 Staffel der Polizei des Rhein-Sieg-Kreises sicher. Nicht umsonst wurde das Team Heimann/Cassy schon mehrfach für seine herausragenden Leistungen ausgezeichnet. Und der eigentliche Feind einer Spürnase ist ohnehin nicht Nässe, sondern Hitze.

Die sechsjährige Hündin, schon als Welpe in die Obhut des Polizeihauptkommissars gegeben und von ihm persönlich ausgebildet, springt erwartungsfroh aus dem Wagen, nachdem ihr Herrchen die hintere Klappe für sie geöffnet hat.

Was jetzt folgt, ist ihr sehr wohl klar, und wie immer geht sie mit Begeisterung in den Einsatz. Willig lässt sie sich das Führungsgeschirr anlegen und zieht mit großer Kraft daran, sobald sie die Geruchsprobe, die Heimann ihr in einem luftdichten Beutel an die Nase hält, verinnerlicht hat.

Zügig geht es von dem breiten Weg in Ufernähe, wo das Auto geparkt ist, direkt zwischen die hier noch nicht so sehr dicht beieinanderstehenden Bäume. Der Weg bis zum Fundort des Dummys ist etwa einen halben Kilometer lang und führt in einem wirren Zickzackkurs quer durch das Wäldchen. Keine Herausforderung für Cassy!

* * *

»Braves Mädchen!« Zufrieden mit seiner Hündin tätschelt Kurt Heimann den Hals des Tieres, das ihn auffordernd anschaut. Fast könnte man glauben, sie bäte um Beifall für die von ihr erbrachte Leistung, aber das ist natürlich Unfug. Selbstgefälligkeit und ihre dunkle Schwester, die Eitelkeit, sind Gefühle, die ausschließlich dem Menschen vorbehalten sind. Cassys Wünsche sind da wesentlich profaner, und mit einem Hundekuchen, den sie mit einem Happen herunterschlingt, auch schnell abgegolten. Anschließend hakt Heimann als weitere Belohnung die Führungsleine aus.

»Cassy, bei Fuß!« Der Polizist klemmt sich den Dummy unter den Arm und wendet sich zum Gehen. Der Hund wird bis zum gegenteiligen Kommando nicht von seiner Seite weichen. Heimann schaut auf die Uhr: Nur wenig mehr als eine Stunde ist vergangen, seit er von zu Hause losfuhr. Das ging ja wieder einmal schnell!

Zurück geht es über den breiten Weg zum Wagen und zum Ufer des Stausees. Da keine Eile geboten ist, lässt Kurt Heimann seinem Hund viel Zeit, die Gegend zu erkunden. Jetzt, wo Cassy ihre Aufgabe erfüllt hat, benimmt sie sich wie jeder andere Hund auch und schnüffelt mal hier, mal dort.

Plötzlich jedoch bleibt sie stocksteif stehen und stößt ihre Schnauze auffordernd in die Hand ihres Herrn, der schon achtlos weitergehen wollte und sich ihr jetzt wieder zuwendet. Diese Geste ist ihm wohlvertraut, sie bedeutet, dass Cassy ihm etwas Wichtiges mitteilen will.

Die Hündin hat sich, zum Zeichen, hier verweilen zu wollen, hingesetzt und schaut ihn aufmerksam an, die Ohren nach vorn gerichtet, soweit es ihrer Art möglich ist. Ihr Schwanz bewegt sich keinen Millimeter. Es besteht kein Zweifel: Das kluge Tier hat etwas entdeckt, und es ist ganz sicher kein Kaninchen! Ein halblautes heiseres Bellen verlässt Cassys Kehle.

Heimann trifft eine folgenschwere Entscheidung. »Cassy, such!«, gibt er das ersehnte Kommando. Kaum ausgesprochen, schnellt die Hündin auch schon herum und schießt davon, einer nur für sie erkennbaren Spur folgend, um Sekunden später im Gebüsch zwischen den Bäumen am Wegesrand zu verschwinden.

Heimann folgt ihr im Laufschritt. Das ungewöhnliche Verhalten des Tieres lässt ihn Schlimmes erahnen.

EINS

Montag, 27. August, 9:32 Uhr

»Danke übrigens, dass ihr mich mitgenommen habt, Scooter geht mir am frühen Morgen nämlich schon wieder mächtig auf den Zeiger!«, seufzt Kommissarin Christina Ohlsen, an die Adresse der Hauptkommissare Denise Malowski und Tobias Heller, der den Dienstwagen lenkt, gerichtet.

»Scooter?«, wiederholt Denise stirnrunzelnd.

»Na, ihr wisst schon, der aus der Muppet Show. Der ›meinem-Onkel-gehört-das-Theater‹ Scooter. Genauso eine Nervensäge wie unser Erik, der jeden zweiten Satz mit ›mein Onkel, der Kommissariatsleiter‹ beginnt.«

»Ich erinnere mich dunkel«, lacht Denise. »War das nicht so ein kleiner Besserwisser?«

»Korrekt. Dreyer hat Erik übrigens erst vor ein paar Tagen Zutrittsverbot zur Forensik erteilt, weil unser Praktikant ihm erklären wollte, wie man eine verschlüsselte Festplatte knackt! Ich weiß wirklich nicht, weshalb der Chef seinen Neffen ausgerechnet mir aufs Auge gedrückt hat, aber falls er mir damit einen Gefallen tun wollte, hat er sein Ziel total verfehlt! Zum Glück für mich dürfen Schülerpraktikanten aber ja nicht mit zu einem Tatort.«

»Du bist beileibe nicht die Einzige, die unter diesem Nervtöter zu leiden hat, Chrissie!«, versichert

Tobias Heller ihr. »Wenn man das Jüngelchen so hört, machen wir bei unseren Ermittlungen grundsätzlich alles falsch.«

»Ich wette, der textet in genau diesem Augenblick Wolfgang und Horst zu«, bestätigt Chrissie Ohlsen die Einschätzung des Hauptkommissars und grinst in der Vorstellung des leidenden Gesichtsausdrucks ihres Freundes Wolfgang Müller in sich hinein. »Die zwei werden garantiert heilfroh sein, wenn wir wieder im Kommissariat sind. Und dabei sind von den drei Monaten des Praktikums nicht mal vier Wochen vorbei!«

»Das ist wohl wahr, aber wie ich das sehe, hast du, wie wir alle, ab sofort ohnehin keine Zeit mehr, das Kindermädchen für den Bengel zu spielen«, antwortet Tobias Heller. »Wir haben einen Mordfall zu lösen. Heimann sprach von eindeutigen Anzeichen für ein Gewaltverbrechen! Das wäre dann unsere erste Leiche dort oben, so weit draußen hatten wir bisher noch nichts.«

»Da wird sich Vogel aber wieder freuen!«, bemerkt Denise grinsend. Der Leiter der KTU zeigt meist wenig Begeisterung, wenn er mit seinen Leuten so weit hinausfahren muss. Der nördlichste Zipfel der nicht eben kleinen Talsperre toppt aber alles bisher Vorgekommene.

* * *

»Wie es aussieht, sind wir ausnahmsweise heute mal die Ersten«, bemerkt Denise Malowski, als ihr Partner den Wagen an einer von Heimann am Telefon bezeichneten Stelle am Wegesrand abstellt, und außer ihm und seinem Hund einige Dutzend Meter voraus niemand zu sehen ist. Es ist ein Stück oberhalb des Punktes, wo seine Cassy die Spur erstmals aufnahm. Es gilt jetzt vor allem, nicht noch mehr an Spuren zu zerstören, die der Täter eventuell dort hinterließ. Dass Heimann selbst heute früh dort entlangfuhr, lässt sich ja nun nicht mehr ändern.

»Ja, Forensik und Rechtsmedizin sind wohl noch unterwegs«, gibt Tobias Heller zurück. »Unterhalten wir uns halt solange mit dem Kollegen Heimann. Und passt auf, wo ihr hintretet, hier ist abseits des Weges alles vom Regen heute Nacht völlig aufgeweicht. Wenn wir hier Spuren vernichten, zieht uns Vogel höchstpersönlich die Haut in Streifen ab!«

Jeder Ermittler, der seine Aufgabe einigermaßen ernst nimmt, hat den berechtigten Wunsch, einen Tatort im ursprünglichen Zustand zu untersuchen, um ein klares Bild vom Tathergang zu erhalten. Was aber ebenfalls für die Spurensicherung gilt, und Beweismittelsicherung geht nun einmal vor. Es ist daher bis zum Eintreffen der Spezialisten Sorgfalt angebracht. ›Ein kurzer Blick auf die Leiche sollte aber trotzdem erlaubt sein‹, überlegt Tobias Heller beim Aussteigen. Hauptkommissar Heimann erwartet das Trio zusammen mit Hündin Cassy am eigenen Wagen. Seine Miene drückt Besorgnis aus.

Tobias Heller begrüßt den Kollegen mit Handschlag, während Chrissie Ohlsen der neben ihm sitzenden Hündin kurz die Ohren krault, gefolgt von Denise Malowski. Eine Zuwendung, die das Tier sichtlich genießt. »Es kommt ja nicht sehr oft vor, dass ein Kollege uns mit Mordfällen versorgt«, eröffnet Heller das Gespräch. »Erzähl doch mal, wie das kam, dass du über eine Leiche gestolpert bist, und das zu der frühen Stunde hier in dieser Abgeschiedenheit!«

»Das war, als ich mit Cassy von unserer Übung zurückkam«, erläutert Heimann. »Etwa dort, wo ihr euer Fahrzeug abgestellt habt, erschnüffelte das Tier am Wegesrand eine Spur. Und da sie keine Ruhe gab, erlaubte ich ihr, der Fährte zu folgen. Mit weitreichenden Konsequenzen, denn nur wenige Meter abseits des Weges lag diese Frau, nur spärlich bekleidet und eindeutig tot!«

Er weist mit der Hand in die Richtung, aus der die drei Ermittler vor wenigen Minuten kamen. »Hoffentlich haben wir nicht zu viel an Spuren vernichtet! Ich gehe nämlich davon aus, dass der oder die Unbekannte die Tote an genau dieser Stelle aus einem Fahrzeug lud, sonst hätte Cassy die Spur ganz sicher früher aufgenommen.«

»Der Hinweg zu eurer Übung führte doch auch hier entlang, wie ich vermute«, mischt sich Kommissarin Ohlsen ein. »Weshalb hat dein Hund nicht schon zu diesem Zeitpunkt angeschlagen?«

»Ich weiß, worauf du hinaus willst«, antwortet Heimann ihr bereitwillig. »Du meinst, die Leiche hätte in der Zeit, in der ich mit Cassy im Wald war, hier abgelegt worden sein können. Ich würde es jedoch ausschließen wollen. Zum Einen sieht alles danach aus, dass die Frau schon länger dort liegt. Ein paar Stunden sicherlich. Außerdem hätten wir ein Auto ganz bestimmt gehört, so tief im Wald waren wir ja nicht. Und nicht zuletzt hatte Cassy von mir eine Referenzduftprobe für die Übung erhalten. Ein Mantrailer ist darauf dressiert, ab diesem Zeitpunkt alles andere auszublenden. Erst auf dem Rückweg hatte das Tier Muße, sich um seine Umwelt zu kümmern. Ich gehe auch stark davon aus, dass die Frau bereits tot war, und nicht erst dort getötet wurde, wo wir sie fanden.«

»Gibt es konkrete Anzeichen dafür?«, hakt Denise Malowski interessiert nach.

»Cassy ist auch als Leichenspürhund ausgebildet«, erklärt Heimann ihr. »In Anbetracht ihrer überaus heftigen Reaktion auf die Spur gehe ich daher davon aus, dass diese von einem toten menschlichen Körper verursacht wurde. Außerdem macht die Stelle auf mich nicht den Eindruck, als habe dort ein Kampf um Leben und Tod stattgefunden. Ihr werdet euch den Ort ja gleich anschauen, ich möchte aber dringend empfehlen, das Eintreffen der Rechtsmedizin und der Forensik abzuwarten«, rät der erfahrene Polizist seinen Kollegen. »Ich fürchte, Cassy und ich haben schon genügend Unheil angerichtet, was die Spurenlage angeht!«

Heimanns Blick richtet sich an den Kollegen vorbei auf den Weg hinter den dreien. »Und außerdem kommt dort soeben die Spurensicherung«, eröffnet er ihnen. »Nebst Rechtsmedizin!«

Wie auf ein geheimes Kommando wenden sich Tobias Heller, Denise Malowski und Christina Ohlsen synchron um. Das Bild, das sich ihnen bietet, ist absolut sehenswert: Angeführt wird die

Truppe von der hochaufgeschossenen Gestalt der Rechtsmedizinerin Martina de Luca, deren wallendes, rabenschwarzes Haar in Verbindung mit dem für sie typischen energischen Auftreten an eine Göttin des klassischen Altertums erinnert.

Neben der Pathologin schreitet, noch einen halben Kopf größer, Jürgen Vogel, der Leiter der Forensik, mit gewohnt raumgreifenden Schritten einher. Und hinter dem ungleichen Paar nähern sich die Mitarbeiter der KTU, Kisten und Kästen schleppend, einer Parade gleich, ihrem Standort. Wahrhaft ein Bild für die Götter! ›Jetzt fehlt nur noch, dass ein Orchester *Einzug der Gladiatoren* spielt‹, denkt Tobias Heller belustigt.

* * *

Eine knappe Stunde später, die sie leise diskutierend abseits des Geschehens verbrachten, sehen die Ermittler endlich Jürgen Vogel sich ihrem Standort nähern. Die selbst für seine Verhältnisse missmutige Miene lässt nichts Gutes erahnen. Entweder ist die Spurenlage wenig befriedigend, oder aber es wurde seiner Meinung nach zu viel davon durch ihre Anwesenheit zerstört. Wobei sich Letzteres aber nur auf den Feldweg beziehen kann, den Fundort der Leiche hatten ja vor den Forensikern nur Heimann und sein Hund betreten.

Gegenstand der angeregten Unterhaltung der drei Kommissare war vor allem die relative Abgeschiedenheit dieser Stelle, und was den Täter bewogen haben mochte, sein Opfer so weit entfernt der Verkehrswege hier abzulegen. Immer vorausgesetzt, dass es sich um ein Gewaltverbrechen handelt, und dass es *nicht* der Tatort ist. Aus diesem Grund warten sie ebenfalls voller Ungeduld darauf, einen Blick auf die Leiche werfen zu dürfen und die professionelle Meinung der Rechtsmedizinerin dazu zu hören. Kurt Heimann machte sich mit Cassy schon vor einer halben Stunde auf den Heimweg, nachdem die Spurensicherung den Weg zur Benutzung freigegeben hatte.

»Wir sind dann durch«, nuschelt Vogel, den unvermeidlichen Zigarillo zwischen den Lippen wälzend. »Viel gab es leider nicht zu untersuchen, da habt ihr wieder einmal ganze Arbeit geleistet!«

»Sorry, Jürgen!«, fühlt Tobias Heller sich verpflichtet, sich und seine Kolleginnen in Schutz zu nehmen. »Wir haben unseren Wagen ein ganzes Stück oberhalb der Stelle abgestellt, an der nach Heimanns Einschätzung die Leiche aus einem Fahrzeug geladen wurde. Und Heimann selbst konnte ja, als er hier ankam, noch gar nicht ahnen, was ihn erwartete!«

»Hast ja recht!«, räumt Vogel schulterzuckend ein. »Immerhin haben wir genau an dieser Stelle eine gut erhaltene Reifenspur sichergestellt. Und infolge ihrer Länge und einer auffälligen Unregelmäßigkeit im Profil lässt sie sogar Rückschlüsse auf den Reifendurchmesser zu!«

»Na, das ist doch schon mal was. Aber erst meckern!«

»Leider war es das aber an Reifenspuren«, beschwert der Forensiker sich unzufrieden und pafft eine Rauchwolke in die Luft. »Was der Täter nach dem Ablegen der Leiche gemacht hat, wissen wir daher nicht. Es führen weder Spuren vorwärts noch zurück. Und in Luft aufgelöst haben kann er sich schließlich nicht!«

Heller zeigt auf die Staumauer, über die der Weg sich fortsetzt. »Hast du mal darüber nachgedacht, auf der anderen Seite nach weiteren Abdrücken zu suchen? Ist ja bloß so ein Gedanke, aber es wäre ja möglich, dass der Täter den Ort in diese Richtung verlassen hat und es am jenseitigen Ufer Spuren gibt.«

»Das wäre eine Möglichkeit ... Ich schicke mal ein paar meiner Leute dort hinüber. Ihr könnt aber jetzt zur Leiche, Frau de Luca wartet schon auf euch!«

* * *

Die Frau ist jung. Sehr jung. Tobias Heller, der an der Spitze des Trios den Fundort der Leiche als Erster erreicht, schätzt sie auf Anfang Zwanzig. Kaum nimmt er die hagere Gestalt der Pathologin wahr, die offenbar soeben ihre vorläufige Untersuchung abgeschlossen hat und den Ermittlern mit ernster Miene entgegenblickt. Die junge Frau, fast noch ein Mädchen, liegt mit verrenkten Gliedern im Gestrüpp zu ihren Füßen.

Nicht selten werden Opfer von Gewaltverbrechen von ihren Mördern förmlich arrangiert, als wolle man eine Botschaft an wen auch immer damit ausdrücken. Nichts trifft auf *diesen* Anblick weniger zu: Die Frau, nur mit einem knappen Slip und einem T-Shirt bekleidet, beides schmutzig und zerrissen, wirkt eher wie achtlos dorthin geworfen, entsorgt. Die langen blonden Haare liegen dabei wie ein Kranz um ihren Kopf herum.

Dass sie eines gewaltsamen Todes starb, ist ihren zu einem stummen Schrei gefrorenen Gesichtszügen überdeutlich zu entnehmen. Mehrere dunkle Hämatome und Würgemale am Hals lassen zudem kaum eine andere Deutung zu. Erschüttert wendet er sich Martina de Luca zu, während Denise Malowski und Chrissie Ohlsen mit versteinerten Gesichtern die sterblichen Überreste der Unbekannten mit professionellem Interesse betrachten.

»Sie wurde mit hoher Wahrscheinlichkeit erdrosselt«, beantwortet die Frau Hellers unausgesprochene Frage mit rauer Stimme. Jegliche bei sonstigen Gelegenheiten zur Schau gestellte Arroganz scheint verschwunden. »Und zwar mit bloßen Händen!«

›Sie ist also doch kein Roboter!‹, denkt Tobias mit tiefempfundener Befriedigung. Seit dem ersten Zusammentreffen mit der stolzen Rechtsmedizinerin hat er wegen ihrer zynischen Art ein etwas gestörtes Verhältnis zu der attraktiven Italienerin, was ihm wiederum den gutmütigen Spott seiner Partnerin Denise einbrachte.

»Können Sie schon etwas zum Todeszeitpunkt sagen?«, richtet diese jetzt eine der wichtigsten Fragen in einer Mordermittlung an de Luca, die ihr sofort ihre Aufmerksamkeit schenkt.

»Vor etwa zehn bis zwölf Stunden, Frau Malowski. Der Tod trat demzufolge zwischen 22:00 Uhr und Mitternacht ein. Aber so lange liegt die Frau hier noch nicht!«

»Dann wurde sie hier nicht getötet?«, hakt Tobias Heller sofort ein. »Der Kollege, der die Leiche fand, deutete etwas Ähnliches an. Wie sicher sind Sie sich dessen?«

»Praktisch zu hundert Prozent«, gibt die Medizinerin schnörkellos zurück. »Weil es nämlich nach Mitternacht einen heftigen Regenschauer in dieser Gegend gab. Und der dauerte bis etwa 2:00 Uhr. Die Leiche der Frau, die im Übrigen nichts bei sich hat als das wenige, das sie am Leib trägt, wurde definitiv erst *danach* hier abgelegt. Der durchnässte Boden unter ihr lässt keine andere Auslegung zu, und außerdem sind die wenigen Kleidungsstücke, die sie trägt, nahezu trocken!«

Tobias Heller macht sich in Gedanken ein kleines Fragezeichen an die letzte Aussage der Pathologin, die einen für seinen Geschmack allzu ausgeprägten Hang zu Ausflügen in fremde Fachbereiche hat. Was die Spurenlage angeht, nimmt er sich daher vor, Jürgen Vogel später zu befragen. Zudem wäre es nicht das erste Mal, dass sich die Medizinerin in einer kriminalistischen Schlussfolgerung irrt. Erst wenige Wochen ist es her, dass sie in einem ihrer pathologischen Gutachten einer Fehleinschätzung unterlag, die um ein Haar dazu führte, dass ein Unschuldiger des Mordes angeklagt wurde.

»Gibt es Anzeichen für ein Sexualdelikt?«, ergreift Christina Ohlsen das Wort.

»Sie wollen wissen, ob sie vergewaltigt wurde? Dem ersten Anschein nach muss ich das leider bestätigen. Alles Weitere, sowie den exakten Todeszeitpunkt, nenne ich Ihnen nach der Obduktion!« Sie richtet ihren Blick wieder auf Tobias Heller. »Die ich sehr wahrscheinlich morgen Nachmittag durchführe. Den genauen Zeitpunkt wird mein Büro Ihnen im Laufe des heutigen Tages oder spätestens morgen früh durchgeben. Und jetzt entschuldigen Sie mich bitte, ich habe mich um den Abtransport einer Leiche zu kümmern!«

* * *

Es ist das gewohnte Bild, das die in den Besprechungsraum strömenden Ermittler des Kriminalkommissariats 1 zu sehen bekommen, während sie stumm und in geordneter Formation ihre Plätze einnehmen. Der Chef, wie er seit Jahren von allen Mitarbeitern genannt wird, Erster Kriminalhauptkommissar Peter Donner, steht wie immer mit gezückten Markern bereits am Whiteboard und schaut seinen Leuten gelassen entgegen.

Einziger Unterschied zu sonst ist sein Neffe, der seit Beginn des Monats hier ein Schülerpraktikum absolviert. Erik, achtzehnjähriger Gymnasiast mit Bestnoten, ist heute zum allerersten Mal bei einer Fallbesprechung dabei und nimmt mit wichtiger Miene den Platz an der Seite seines Onkels ein, als wäre dies das Normalste auf der Welt.

»Was wird das, Junge?«, wird er vom Kommissariatsleiter mit hochgezogenen Augenbrauen empfangen. »Warum setzt du dich nicht an den Tisch zu den Anderen?«

»Äh ... ich wollte ... ich dachte ...«, stottert der Junge verwirrt.

»Das ›Denken‹ überlässt du mir!«, tadelt Donner ihn mit mildem Spott. »Oder meinen Ermittlern! Und jetzt setzt du dich bitte geschwind dort an den Tisch und störst nicht weiter. Und damit das klar ist: *Deine* Rolle ist heute die des Zuhörers!«

Mit hochrotem Kopf und unter dem schadenfrohen Grinsen der Anwesenden nimmt Erik Hagel den einzigen noch freien Platz neben Kommissarin Ohlsen ein, die dies mit einem genervten Augenrollen quittiert.

»Was liegt an, Leute?«, eröffnet Donner die Besprechung in aller von ihm gewohnten Knappheit. Tobias Heller nimmt dies nach einem kurzen abstimmenden Blick zu Denise Malowski als Aufforderung, die bekannten Fakten in der großen Runde vorzubringen. Jürgen Vogel, der mit einem Mitarbeiter seiner Abteilung ebenfalls an der Besprechung teilnimmt, wird anschließend das Wort haben.

»Was wir haben, Chef«, beginnt Heller, und nahezu zeitgleich ertönt ein kratzendes, schabendes Geräusch aus Erik Hagels Ecke. Der Praktikant ist dabei, Hellers Worte mit einem überaus spitzen Bleistift mitzuschreiben.

»Also, was wir haben«, fährt der Hauptkommissar nach einer kurzen Irritation fort, »ist eine noch nicht namentlich identifizierte weibliche Leiche, das Alter dürfte meiner Einschätzung nach bei etwas über zwanzig Jahren liegen. Sie war, als Kollege Heimann sie im Zuge einer Übung mit seinem Hund fand, mit einem Slip und einem T-Shirt bekleidet. Anzeichen von Gewalt waren nicht zu übersehen.«

Er weist auf die Tafel, an der er vor Beginn der Fallbesprechung mehrere Fotos anbrachte. »Hier sind einige Aufnahmen davon. Frau Doktor de Luca vermutet sexuelle Gewalt und eine Strangulation mit bloßen Händen, die ihrer Meinung nach auch zum Tode führte.«

»Fingerabdrücke oder DNA?«

»Wird sich noch herausstellen«, beantwortet Denise Malowski die Frage des Kommissariatsleiters. »Die Obduktion soll spätestens morgen Nachmittag stattfinden.«

»Für uns stellt sich als Erstes die Frage, wie die Leiche dorthin gelangte und weshalb sie ausgerechnet dort abgelegt wurde«, fährt Tobias Heller fort. »Getötet wurde sie laut der Rechtsmedizinerin dort nicht! Kannst du ihrer Einschätzung folgen, Jürgen?«, erkundigt er sich in diesem Zusammenhang bei Vogel. »Frau de Luca stützt ihre diesbezügliche Aussage vornehmlich auf den vom Regen durchweichten Untergrund, auf dem die Tote lag!«

»Das trifft mit ziemlich großer Wahrscheinlichkeit tatsächlich zu, Tobias. Wir haben uns das selbstverständlich angeschaut, nachdem die Leiche abtransportiert wurde. Der Grad der Feuchtigkeit wäre an der Stelle, wo der Körper lag, wesentlich geringer, wenn dieser sich schon vor dem Regen dort befunden hätte.«

»Danke, dann wäre das ja geklärt. Ich habe zur Verdeutlichung eine Luftbildaufnahme der Gegend für euch an die Tafel gehängt. Wie ihr seht, muss man ein ganzes Stück fahren, um von einer befestigten Straße dorthin zu gelangen.«

»Ich habe einmal zum besseren Verständnis den Weg gekennzeichnet, den der Täter meiner Meinung nach genommen haben dürfte«, erläutert Heller, nachdem sich die Aufmerksamkeit der Kollegen auf die großformatige Abbildung gerichtet hat.

»Die gestrichelte Linie markiert hier den Weg von der Bundesstraße bis zur Fundstelle der Leiche beziehungsweise bis zum Ufer des Stausees, wo

Heimann seinen Wagen abstellte. Bei meiner Einschätzung gehe ich davon aus, dass der Mörder nicht gesehen werden wollte und daher den Weg durch den Ort Bruchhausen vermied.«

»Wäre ein anderer Weg denkbar?«, hinterfragt Donner Hellers Aussage kritisch. »Ich sehe dort mindestens eine weitere Möglichkeit, wie man hätte fahren können!«

»Je nachdem, aus welcher Richtung er über die B507 kam, ist natürlich auch eine vorherige Abzweigung auf die Bruchhausener Straße möglich«, fährt Tobias unbeirrt fort. »Das wäre dann die gepunktete Strecke. Die Pfeile unten rechts bezeichnen die Fundstelle und Heimanns Parkplatz. Danach geht der Weg dann weiter über eine Staumauer. Warum das eventuell wichtig sein könnte, wird euch gleich Jürgen erklären.«

»Danke, Tobias. Ich denke, es ist nicht unbedeutend, woher er kam. Das sollten wir also unbedingt zu klären versuchen. Und was hat die Forensik für uns?«, nickt Donner in Richtung Jürgen Vogel, der sich sogleich erhebt. Eine seiner auffälligsten Gewohnheiten ist es, Vorträge im Stehen zu halten.

»Zunächst möchte ich vorausschicken, dass der Boden an der Fundstelle vom Regen in der Nacht total aufgeweicht war«, beginnt Vogel in seiner schleppenden Sprechweise. »Aber das wurde ja schon mehrfach erwähnt. Im unmittelbaren Umfeld der Leiche fanden wir Abdrücke von zwei verschiedenen Schuhen sowie Pfotenabdrücke eines großen Hundes. Die werden von Cassy stammen, Heimanns Spürhund. Eine der beiden Fußspuren ist daher von ihm, wir haben das bereits abgeglichen. Bleibt eine Spur übrig, vermutlich von Gummistiefeln Schuhgröße vierundvierzig, die höchstwahrscheinlich von der Person verursacht wurde, die die Leiche dort deponierte. Und zwar eindeutig nach dem Regen!«, bekräftigt er noch einmal seine Aussage von vorhin.

»Der Weg, den der Täter vermutlich nahm, und den nach ihm auf jeden Fall noch Hauptkommissar Heimann befuhr, sowie unsere eigenen Leute«, ergreift Vogels Mitarbeiter das Wort, »lässt infolge der Vermischung der Reifenspuren leider keine klare Aussage zu.«

August Weise ist in der KTU Spezialist für Spurenanalyse und eine Koryphäe auf diesem Gebiet. Von den Kollegen wird er aufgrund seiner ständigen Zerstreutheit meist ›Au Wei‹ gerufen. »Es dürfte jedoch als gesichert angenommen werden«, fährt er fort, »dass der oder die Unbekannte, wie schon mehrfach erwähnt wurde, aus Richtung der nahen Ortschaft Bruchhausen kam.«

»Die, wie gesagt, an der B507 liegt«, wirft Tobias Heller ein. »Da diese sich dort oben mit der B56 kreuzt, könnte er theoretisch, wie Kollege Heimann, aus unserer Richtung gekommen sein.«

»Das ist pure Spekulation!«, wirft ihm Weise vor. »Ebenso kann er aus Neunkirchen-Seelscheid gekommen sein, oder aus allen möglichen anderen Richtungen. Auf jeden Fall kann ich aber etwas zu seinem Fahrzeug sagen!«

»Und was wäre das?«, drängt Donner, weil Weise nicht gleich weiterspricht.

»Das Fahrzeug hinterließ an der Stelle, wo Heimanns Hund die Fährte aufnahm, im vom Regen aufgeweichten Boden eine tiefe und sehr deutliche Spur. Lang genug, dass sich infolge eines auffälligen Fehlers im Profil der Durchmesser des Reifens berechnen ließ. Diese Reifengröße ist absolut typisch für einen weißen Lieferwagen, wie ihn viele Firmen für Auslieferungen benutzen!«

Schlagartig bricht das schabende Geräusch von Eriks Bleistift ab, und der Schülerpraktikant schaut den Forensiker mit offenem Mund ungläubig an. »Die Farbe kann man auch daraus erkennen?«, fragt er August Weise mit großen Augen.

»Natürlich nicht!«, wird er von Jürgen Vogel schmunzelnd belehrt. Chrissie Ohlsen versucht vergeblich, ein Kichern zu unterdrücken. »Kollege Weise vergaß nur, eine winzige Kleinigkeit zu erwähnen. Nicht wahr, August?«

»Äh ... ja. Da ist ein Stein, dort wo der Wagen einlenkte. Ein Grenzstein oder etwas in der Art. Der Fahrer hat ihn vermutlich übersehen und leicht touchiert, es sind jedenfalls Lackspuren daran. Wir werden versuchen, die Farbe zu analysieren, um die Fahrzeugmarke zu ermitteln. Außerdem waren die Stiefelabdrücke an dieser Stelle tiefer als gewöhnlich.«

»Na, das ist doch schon mal gar nicht so wenig!«, freut sich Denise Malowski. »Aufgrund der Schuhgröße können wir, denke ich, von einem Mann aus-

gehen. Die Tiefe der Abdrücke lässt darauf schließen, dass er etwas trug, vermutlich die Leiche. Ein
kräftiger Mann also, er trug den etwa fünfzig Kilogramm schweren Körper immerhin an die dreißig
Meter!«

»Ich denke nicht, dass die Tote den ganzen Weg
über getragen wurde, Denise«, widerspricht Tobias
Heller ihr. »Das gilt vermutlich nur für das Heraus-
heben aus dem Fahrzeug. Falls unser Täter die Leiche den ganzen Weg über trug, hätte diese ja keine
Spur für den Hund hinterlassen! Er wird die Frau
daher wohl eher über den Boden geschleift haben.«

»Hm. Stimmt«, räumt seine Partnerin ein.
»Bleibt also wieder alles offen.«

»Nicht ganz!«, meldet sich August Weise erneut
zu Wort. »Die Abdrücke, die der Täter dabei hinterließ, sind erheblich weniger tief geprägt. Da das
Gewicht des Opfers bekannt ist, lässt sich anhand
der Bodenbeschaffenheit errechnen, dass die fragli-
che Person etwa achtzig Kilogramm auf die Waage
bringt. Plusminus zehn Prozent.«

»Und er beging einen gravierenden Fehler«,
stellt Oberkommissar Wolfgang Müller zufrieden
fest. »Er legte sein Opfer *nach* dem Regen dort ab,
vermutlich erst im Morgengrauen. Dadurch blieben
alle Spuren erhalten. Laut der Rechtsmedizinerin
verstarb die Frau Stunden vorher, wir müssen uns
daher fragen, warum er so lange wartete. Vermutlich kannte er sich dort nicht aus und wollte das
nicht in der Dunkelheit erledigen.«

»Dagegen spricht aber einiges!«, widerspricht Christina Ohlsen ihrem Freund. »Sieh auf die Karte dort an der Tafel! Von der Straße aus sind das mehrere hundert Meter, da gehe ich schon davon aus, dass er den Ort zumindest kannte!«

»Zumal er danach vermutlich einen anderen Weg nahm«, hakt Jürgen Vogel ein. »Wir haben auf dem steinigen Weg auf jeden Fall keine Spuren zurück nach Bruchhausen gefunden, die Spurenlage ist diesbezüglich, wie schon gesagt, äußerst dürftig.«

»Der einzige andere Weg führt über die Staumauer«, erinnert Tobias Heller ihn. »Habt ihr dort ebenfalls nichts gefunden?«

»Du hast es erfasst, Tobias! Der Weg über die Mauer ist befestigt und gab nichts her. Auf der anderen Seite liegt irgendein Firmengelände mit Lagerhallen, oder was immer das darstellt. Wir haben das Gelände nicht betreten, da wir auf dem asphaltierten Untergrund ohnehin keine Spuren gefunden hätten. Es sah aber auch nicht sonderlich betriebsam dort aus, jedenfalls haben wir niemanden dort herumlaufen sehen. Von dort führt der Weg erneut auf die B507 nach Neunkirchen, was wir anhand der Karte überprüft haben.« Er weist dabei auf das Luftbild an der Magnettafel.

»Ich vermute, dort befinden sich die Kontrollen für die hintere Staumauer und das Vorbecken«, zeigt Donner, dass er sich dort auskennt. »Schaut euch trotzdem mal dort um, wir dürfen keine Möglichkeit außer Acht lassen!«

»Okay, Chef. Wir gehen dann aber besser zunächst die Vermisstenanzeigen durch«, stimmt Heller ihm zu.

»Ja, macht das. Erik kann euch dabei unterstützen, zeigt ihm, was er tun muss. Und jetzt an die Arbeit!«

Unter geschäftigem Stühlerücken verlassen die Kommissare und die Forensiker zügig den Raum, bemüht, die durch die Besprechung verlorene Zeit schnellstmöglich aufzuholen. Ein nachdenklicher Schülerpraktikant schleicht förmlich hinter ihnen her, das Gesicht dabei zu Boden gerichtet.

ZWEI

»Frau Kommissarin?«, meldet sich Erik Hagel ungewohnt leise vom Beifahrersitz, nachdem er den ganzen Weg über nicht ein Wort von sich gab. Für den ansonsten pausenlos plappernden Jungen recht ungewöhnlich, Christina Ohlsen jedoch war die Stille durchaus willkommen. So konnte sie in Ruhe ihren eigenen Gedanken nachhängen, die sich im Wesentlichen um die wenigen Parameter des aktuellen Falles drehen, die ihnen bekannt sind.

Ohlsen setzt den Blinker und verlässt die B507, indem sie den Dienstwagen in die Fasanenstraße lenkt, die unmittelbar hinter den letzten Häusern der kleinen Ortschaft Bruchhausen in jenen namenlosen Feldweg mündet, der direkt zum Ufer der Talsperre führt. Erst dann nimmt sie sich Zeit, ihrem Praktikanten zu antworten.

»Ja, Erik?«, bemüht sie sich um einen freundlichen Tonfall.

Der junge Mann druckst einige Augenblicke herum. »Gehe ich Ihnen auf die Nerven?«, findet er endlich den Mut, in Worte zu fassen, was ihm auf dem Herzen liegt. »Ihnen und den Anderen?«

Chrissie schmunzelt still in sich hinein. Daher weht also der Wind! Erik hat endlich gemerkt, dass man ihm am liebsten aus dem Weg geht. Vielleicht ist es aber auch die gestrige Zurechtweisung seines

Onkels, die ihm zu schaffen macht. Die Kommissarin beschließt, dass Diplomatie sie beide hier nicht weiterbringt.

»Na, ja ... wie soll ich sagen ...«, antwortet sie ihm daher unverblümt. »Ja, in der Tat, das tust du! Sieh mal«, fährt sie dann versöhnlicher fort, »wenn du an unserem Beruf wirklich Interesse hast, musst du zuallererst deine Einstellung dazu ändern. Wir befinden uns nämlich nicht in einer von diesen amerikanischen Krimiserien, das hier ist die Realität! Um ein Verbrechen aufzuklären, müssen wir recherchieren. Und zwar alle gemeinsam, nur so kommt etwas dabei heraus. Und wir beide suchen heute eben die Wahnbachtalsperrengesellschaft dort vorn hinter der Staumauer auf. Auch wenn nicht viel dabei herauskommen sollte. So ist das nun mal!« Sie denkt kurz nach. »Aber vor allem musst du akzeptieren, dass unser Chef in erster Linie momentan *nicht* dein Onkel ist, sondern eben der Chef! So nennen wir ihn alle, und er hat sich diesen Titel mehr als verdient!«

»Mein ... also der Chef«, berichtigt der Junge sich schnell, »hatte demnach recht: das da drüben gehört zur Talsperrenverwaltung?«

»So ist es. Hier wird irgendwas mit dem Wasser angestellt, bevor es in das Hauptbecken geleitet wird, glaube ich. Unsere Aufgabe wird es sein, herauszufinden, ob diese Station durchgehend besetzt ist, und ob es möglich ist, dass jemand unbemerkt über das Betriebsgelände fahren kann. Einen anderen Weg vom Fundort der Leiche zur nächsten

Ortschaft gibt es nämlich nicht. Außer, der Täter wendete und fuhr nach Bruchhausen zurück.«

»Was aber unwahrscheinlich ist?«

»Sagt jedenfalls die Forensik.«

Erik nickt nur stumm dazu. An der Stelle, wo der Wald sich lichtet und der Weg über die Staumauer führt, schaut er sich aufmerksam um.

* * *

»Das ist ja wieder mal typisch für unsere neue Pathologin!«, schimpft Tobias Heller, während Denise Malowski dabei ist, den Dienstwagen in eine freie Parklücke auf dem Universitätsparkplatz zu stellen. »Erst großartig den Nachmittag als Termin ankündigen und uns dann noch vor Mittag kurzfristig hierher zu beordern, weil sie etwas früher anfangen will!«

»Jetzt stell dich schon nicht so an, Tobi!«, beschwichtigt seine Partnerin ihn. »Wir haben doch ohnehin nichts anderes zu tun! Chrissie ist mit Erik zur Talsperre und die Vermisstenmeldungen der letzten Wochen können Horst und Wolfgang auch alleine bewältigen. Und die Leichenschau ist wirklich dringend!«

»Ob das wohl gut geht mit den Beiden?«, überlegt Heller, während er den Sicherheitsgurt löst.

»Chrissie und Erik?«, lacht Denise. »Du kennst doch unsere Chrissie, wenn er ihr auf den Zeiger geht, wird sie ihm das garantiert früher oder später mit wohlgesetzten Worten mitteilen. Neffe vom Chef, oder nicht!« Sie schaut auf die Uhr. »So, und jetzt lass uns hineingehen. Wir sind etwas spät dran und deine ›spezielle Freundin‹ schätzt es nicht sonderlich, wenn man unpünktlich ist, wie du weißt!«

* * *

Das Betriebsgelände liegt, wie schon von Jürgen Vogel berichtet, verlassen wirkend vor ihnen. Einige Fahrzeuge stehen auf dafür vorgesehenen Plätzen, das ist alles. Offenbar findet die eigentliche Betriebsamkeit in den Hallen statt, die den Platz säumen.

Kommissarin Ohlsen stellt den Audi neben einem weißen Lieferwagen ab und macht soeben Anstalten, den Wagen zu verlassen, als ein Mann mittleren Alters, aus einem der Gebäude kommend, mit schnellen Schritten auf sie zumarschiert. ›So viel also zum Thema unbemerkt über das Gelände fahren‹, denkt Ohlsen bei seinem Anblick.

Eriks Aufmerksamkeit ist dagegen auf das Fahrzeug neben ihrem eigenen Auto gerichtet. Die Kommissarin hat diese Information ganz nebenbei längst abgespeichert, freut sich aber im Stillen darüber, dass der Junge mitdenkt.

»Das ist Privateigentum!«, fährt der Mann sie unfreundlich an. »Sie dürfen hier nicht parken!«

Christina Ohlsen zieht, davon unbeeindruckt, den Dienstausweis aus der Tasche und hält ihn dem Mann vor die Nase. »Kommissarin Ohlsen, Kripo Siegburg. Wir führen Ermittlungen zu einem Gewaltverbrechen durch, das hier in der Nähe verübt wurde«, stellt sie den Sachverhalt etwas vereinfacht dar. »Und Sie sind …?«

»Ein Verbrechen?« Der Mann reißt ungläubig die Augen auf. »Hier bei uns? Entschuldigen Sie … mein Name ist Klaus Weinreich, ich leite diese Anlage«, holt er verlegen sein Versäumnis nach und reicht erst Ohlsen, dann Erik die Hand. »Wie kann ich Ihnen denn dabei weiterhelfen? Wir haben nichts davon mitbekommen, das hätten meine Mitarbeiter mir gesagt. Wann soll das denn überhaupt gewesen sein?«

»Was ist das hier für eine Anlage?«, weicht Ohlsen zunächst einer direkten Antwort aus, während ihr Praktikant neugierig um den Lieferwagen zu ihrer Linken herumstreicht, was sie mit einem Schmunzeln zur Kenntnis nimmt.

»Das ist unser Firmenwagen«, bemerkt Weinreich, dem das Interesse an dem Fahrzeug nicht entgangen ist. »Wir kümmern uns um das Vorbecken«, geht er dann auf ihre Frage ein. »So etwas finden Sie nicht bei vielen Talsperren, müssen Sie wissen.« Schwingt da Stolz in seiner Stimme mit? »Was Sie hier sehen, Frau Kommissarin, ist die sogenannte Phosphor-Eliminierungs-Anlage, kurz *PEA*. Hier wird das Wasser, bevor es in das Hauptbecken gepumpt wird, einer entsprechenden Behandlung unterzogen, stärkere Verunreinigungen werden hier schon abgefangen und beseitigt.«

»Das reicht mir erst einmal als Erklärung«, bremst die Ermittlerin den Redefluss des Mannes. »Was mich dagegen brennend interessiert, ist, ob die Anlage rund um die Uhr besetzt ist, und ob es denkbar ist, dass jemand unbemerkt über die Staumauer kommen und dieses Gelände dazu nutzen kann, die Straße zu erreichen.«

Weinreich schüttelt entschieden den Kopf. »Das hätten wir mitbekommen. Zumal die Anlage in der Tat ständig besetzt ist. Selbst, wenn es mitten in der Nacht gewesen wäre ... Nein, ich denke nicht, dass jemand unbemerkt hier durchfahren kann.« Er zeigt in Richtung eines der Gebäude. »Wie Sie sehen, führt der Weg zur Straße unmittelbar dort vorbei!«

Christina Ohlsen bedankt sich für die Auskunft und wendet sich Erik zu, der seine Inspektion des weißen Lieferwagens beendet hat und sich wieder zu ihr gesellt. »Und?«, fragt sie ihn kurz angebunden.

»Ist nicht das gesuchte Auto«, antwortet er ebenso knapp, erstaunt darüber, nach seiner Meinung gefragt zu werden.

»Okay, dann sind wir hier soweit durch. Auf Wiedersehen, Herr Weinreich«, verabschiedet sie sich und steigt in den Wagen. »Ach, noch etwas«, hält sie den im Gehen befindlichen Mann zurück, bevor sie die Wagentür schließt. »Besitzen Sie oder einer Ihrer Leute einen ähnlichen Wagen?« Sie deutet auf den Lieferwagen nebenan.

Klaus Weinreich hebt die Brauen. »Nein, Frau Kommissarin. Sowas fährt hier sonst niemand«, antwortet er ihr dann.

* * *

»Sie glauben mir das mit dem Lieferwagen so ohne weiteres?«, entfährt es Erik ungläubig, kaum, dass die Kommissarin den Wagen vom Betriebshof in Richtung Staumauer gelenkt hat.

»Klar, warum denn nicht? Hast dir das Teil schließlich genau angeschaut. Außerdem ...«, grinst sie ihn an. »... ist dir sicher aufgefallen, dass der Wagen schon länger nicht mehr gewaschen wurde. Wenn der nach einem Platzregen durch den Wald gefahren wäre, würde man das sehen, glaube mir! Und nicht zuletzt stimmt die Reifengröße nicht!«

»Das haben Sie alles so ganz nebenbei gecheckt?« Der Junge ist beeindruckt.

»Na, ja ... ich bin ja ein ganzes Stück näher dran an den Reifen als du«, flachst Chrissie den schlaksigen jungen Mann an, der die zierliche Kommissarin um Haupteslänge überragt.

»Äh, ja ... Aber Sie haben recht: Die Reifen stimmen nicht, und an der linken Seite ist kein Kratzer zu sehen. Das Profil am Vorderreifen ist auch anders.« Er hält ihr sein Handy mit einem Foto des sichergestellten Reifenabdrucks hin. »Warum halten wir hier an?«, fügt er hinzu, weil Ohlsen den Wagen unmittelbar hinter der Staumauer am Waldrand parkt.

»Ich dachte, du möchtest dir vielleicht die Stelle anschauen, wo wir gestern die Leiche fanden«, lächelt die Kommissarin. Dass sie von seiner Leistung beeindruckt ist, zeigt sie nicht. »Außerdem ist das hier exakt die Stelle, wo Hauptkommissar Heimann sein Auto abstellte, bevor er mit seiner

Hündin zur Übung aufbrach. Wir schauen uns hier nochmal etwas genauer um, verrate es aber nicht Herrn Vogel!«, zwinkert sie ihm verschwörerisch zu.

* * *

Die Pathologin dreht sich in einer gleitenden Bewegung zu den etwas abseits wartenden Ermittlern um. Wie nebenbei greift sie dabei mit einer Hand an ihren Kopf, um das Haargummi zu entfernen, das sie während der Leichenschau dazu benutzt hatte, ihre wallende schwarze Mähne zu bändigen. Mit einer anmutig wirkenden Kopfbewegung bringt Martina de Luca anschließend die Frisur in Form.

›Die ist sich ihrer Wirkung absolut bewusst!‹, kommentiert Tobias Heller das Gehabe der Medizinerin in Gedanken. ›Wenn sie nicht so ein Biest wäre, könnte man sie fast als attraktiv bezeichnen.‹ »Was können Sie uns über die Frau sagen, Doktor de Luca?«, erkundigt er sich stattdessen in professioneller Sachlichkeit bei der Rechtsmedizinerin. Deren Assistentin Krystina Nowak ist derweil damit beschäftigt, ihren ›Arbeitsplatz‹ aufzuräumen, nachdem sie die Leiche mit einem Tuch bedeckte.

»Außer, dass sie tot ist?«, kontert die Pathologin mit einem grimmigen Lächeln.

Denise Malowski kneift verdächtig die Lippen zusammen und schaut zu ihrem Partner hinüber, dessen Gesicht jedoch vollkommen regungslos bleibt. ›Wie Hund und Katz‹, kommentiert sie die

Szene in Gedanken. ›Dass Tobi ihr aber auch immer wieder Futter liefern muss, er weiß doch, wie die Frau drauf ist! Aber vielleicht ist das ja auch nur ihre Art, mit dem vielfältigen Tod umzugehen, mit dem sie tagtäglich konfrontiert ist.‹ »*Unsere* Zeit ist ebenfalls knapp bemessen, Frau de Luca«, ergreift sie an Stelle ihres Partners das Wort mit einem leicht eisigen Unterton, und die berüchtigte steile Falte bildet sich über ihrer Nasenwurzel. »Also?«

Kastanienbraune Augen richten sich auf die Polizistin, die von de Luca um etwas mehr als zehn Zentimeter überragt wird. »Also gut, Frau Malowski«, ertönt ihre dunkle Samtstimme. Ihr Gesicht bleibt dabei unbewegt. »Kommen wir zur Sache.« Beiläufig streift sie die Latexhandschuhe ab und wirft sie in einen bereitstehenden Abfallbehälter. »Als Todesursache konnte ich eindeutig eine Strangulation feststellen. Die Frau wurde erwürgt, und zwar mit bloßen Händen. Anhand der Würgemale und der Hämatome gehe ich von damit einhergehenden starken Emotionen des Täters aus, der unter einem großen psychischen Druck gestanden haben mag. Den Todeszeitpunkt habe ich auf 23:00 Uhr Sonntagnacht festgelegt. Mit einer Unsicherheit von maximal einer halben Stunde.«

»Haben Sie das Alter des Opfers ermitteln können?«, erkundigt sich Tobias Heller.

»Habe ich. Die Frau ist ein wenig älter, als es der erste Anschein vermuten lässt. Durch Analyse von Handgelenkskelett und Zahnschmelz, die beide eine exakte Auskunft zulassen, habe ich ein Alter von sechsundzwanzig Jahren ermittelt. Aber es gibt noch einige andere, für Ihre Ermittlungen garantiert ebenso wichtige Erkenntnisse. Da wäre zum Einen der Mageninhalt. Es gibt nämlich keinen! Die Frau hat mindestens achtundvierzig Stunden vor ihrem Tod weder Nahrung noch Flüssigkeiten zu sich genommen!«

»Hm. Sie wurde also vermutlich zwei Tage oder länger irgendwo gefangen gehalten«, überlegt Denise Malowski. »Und das Andere? Sie sprachen von mehreren Erkenntnissen. Wurde sie sexuell missbraucht?«

»Definitiv! Aber bevor Sie fragen: Der Täter hinterließ auf *diese* Weise leider keine DNA für uns.«

»Aber?«, hinterfragt Tobias Heller die merkwürdige Betonung in den Worten der Medizinerin.

»Am Hals der Toten fand ich entsprechende Hinterlassenschaften ihres Mörders in Form von Hautpartikeln. Zudem hatte er eventuell eine Schnittwunde oder etwas Ähnliches an einem seiner Finger. Jedenfalls fanden sich fremde Blutspuren am Hals des Opfers. Zwar in geringer Menge, aber ausreichend für eine DNA-Analyse!« De Luca macht eine bedeutungsvolle Pause, bevor sie mit einer weiteren Sensation aufwartet: »Und ich weiß, wie Sie den Namen der Frau herausfinden können!«

* * *

Erik hatte für den Fundort der Leiche kaum mehr als einen flüchtigen Blick übrig. Zurück an der Stelle am Seeufer, wo Christina Ohlsen das Auto geparkt hatte, erwachte sein Interesse aber sichtbar. Prüfend maß er den einem Wendehammer gleichenden Platz mit einer Peilung über den ausgestreckten Arm, in Ermangelung anderer Möglichkeiten. Die Kommissarin verfolgt seine Bemühungen mit kritischem Blick. ›Der Junge hat schon was drauf‹, vermerkt sie in Gedanken. »Und? Was denkst du?«, erkundigt sie sich.

»Wenn jemand ein Auto wendet«, äußert sich der junge Mann, »gibt es nur zwei Möglichkeiten: die klassische Version in drei Zügen, oder einmal im Kreis herum. Ich denke, dass hier Platz genug für die zweite Variante ist. Wenn unser Mann hier gewendet hat, dann in *einem* Zug!«

»Lässt sich das beweisen?«

»Mal sehen ...« Erik stellt sich an den Weg, den sie vom Fundort der Leiche genommen haben und schätzt grob den Wenderadius eines Fahrzeugs in der angenommenen Größe ab. Die Augen auf den steinigen Untergrund gerichtet, schreitet er langsam den in Frage kommenden Bereich ab, von den Blicken der Kommissarin aufmerksam verfolgt. Schließlich geht er in die Knie und untersucht eine Stelle besonders genau. »Kommen Sie bitte mal, Frau Kommissarin?«

»Hast du was gefunden?«

»Hier!« Erik zeigt auf eine Stelle vor sich auf dem steinigen Boden, nachdem Ohlsen herangetreten ist. »Ein zermahlener Stein. Und dort vorn ist noch einer. Da muss ein schweres Fahrzeug drübergefahren sein. Ich denke, wir haben hier den Beweis, dass der Täter an dieser Stelle seinen Wagen wendete und nach Bruchhausen zurückfuhr!«

Kommissarin Ohlsen mustert den Praktikanten nachdenklich. ›Der Junge ist wirklich äußerst begabt‹, stellt sie erneut neidlos fest. »Das war eine tadellose Ermittlung!«, lobt sie ihn dann. »Ich muss gestehen, ich habe dich falsch eingeschätzt!«

Erik Hagel schaut verlegen zu Boden. »Das ist in Ordnung, ich glaube, ich war schon irgendwie ein Arsch.«

»So krass würde ich es jetzt nicht ausdrücken. Aber hast du mal über die Forensik als Fachgebiet nachgedacht? Deine Fähigkeiten tendieren meiner Ansicht nach in diese Richtung. Und nenn mich nicht immer ›Frau Kommissarin‹. Ich bin die Chrissie!« Sie reicht ihm die Hand, in die der junge Mann nach zwei Sekunden des Zögerns bereitwillig einschlägt.

* * *

»Was ist das?« Ratlos betrachtet Tobias Heller das winzige Teil, das Martina de Luca ihm und Denise zwischen Daumen und Zeigefinger entgegenhält. Es ist eine Art Elektronik, wie es scheint, mit zwei dünnen Drähten daran.

»Ein Hörimplantat«, eröffnet de Luca ihnen. »Ich habe es aus dem rechten Innenohr der Toten geholt. Ein solches Implantat ersetzt den defekten Teil des inneren Ohres bei extremer Hörschwäche oder gar völliger Taubheit. Und es wird recht selten eingesetzt. Ich werde Ihnen eine Liste der Ärzte und Kliniken geben, die solche Operationen vornehmen. Zudem ist eine Seriennummer eingeprägt. Ich denke, dass sich mit diesen Informationen die Identität der Frau ermitteln lässt.«

»Die Frau war also vermutlich taub?«, vergewissert sich Denise Malowski.

»Wenn, dann sicher nicht von Geburt an. Solche Implantate gibt es noch nicht lange genug, als dass es bei ihr schon im frühen Kindesalter hätte eingesetzt werden können. Und nach herrschender Lehrmeinung nützt es einem erwachsenen Menschen, der nie zuvor Worte hörte, später nichts mehr, weil das Sprachzentrum im Gehirn mit den Tönen keine Begriffe verbindet. Übrigens gehört noch ein außen am Kopf getragenes Teil dazu, das bei der Toten aber nicht gefunden wurde. Entweder hat sie es verloren, oder ihr Mörder nahm es ihr ab.«

»Und wie sieht sowas aus?«, will Tobias Heller für den Fall, dass man es später noch findet, wissen.

»Im Prinzip wie ein ganz normales Hörgerät, wie man es hinter dem Ohr trägt. Nur, dass sich ein kleiner Magnet daran befindet. Da das Innenimplantat ebenfalls magnetisch ist, haftet der sogenannte Impulsgeber am Schädelknochen und überträgt so die Hörinformationen.«

»Haben Sie vielen Dank, Frau Doktor de Luca.« Tobias Heller kommt nicht umhin, von ihrem Fachwissen beeindruckt zu sein. »Sie haben uns sehr geholfen!«

* * *

»Wie sicher bist du dir, Erik?«, hinterfragt Donner die Aussage seines Neffen, nachdem der, von Christina Ohlsen dazu ermuntert, die am Seeufer von ihm gewonnenen Erkenntnisse und Vermutungen auf der eilig einberufenen Fallbesprechung vortrug. Kommissarin Ohlsen hatte schon vorher ihre Einschätzung darüber abgegeben, weshalb ein Überqueren der Staumauer und dem Betriebsgelände der Talsperrengesellschaft durch den Täter ihrer Meinung nach unwahrscheinlich ist.

»Na, ja«, erklärt der junge Mann, jetzt wieder leicht verunsichert. »Die Spuren könnten natürlich auch von Hauptkommissar Heimanns Auto stammen. Ich denke aber, dass sein Kombi nicht genügend Masse hat, einen Stein zu pulverisieren«, fängt er sich aber sogleich wieder. Physik ist nicht umsonst in der Schule sein Leistungsfach. »Schließlich lastet ja auf jedem Rad nur etwa ein Viertel des Gewichts, und je nach Breite und Auflagefläche der Reifen reicht der Druck eben nicht aus. Ja, ich bin sicher, dass dort ein wesentlich größeres Auto wendete«, beantwortet er die Eingangsfrage seines Onkels.

»Gut. Du wirst das alles in deinem Bericht noch genauer darlegen!«, ergeht die Order des Kommissariatsleiters an ihn. Vergeblich versucht der Erste Hauptkommissar dabei, den Stolz auf die Leistung des Jungen zu unterdrücken, aber das Leuchten in seinen Augen verrät ihn.

Erik Hagel wird blass. »Ein Bericht? Ich?«

»Willkommen im Club!«, zwinkert Chrissie Ohlsen ihm zu, um dann flüsternd hinzuzufügen: »Ich helfe dir dabei!«

»Und was ist mit euch beiden?«, wendet Donner sich an die Oberkommissare Horst Weiland und Wolfgang Müller. »Seid ihr schon weitergekommen, was die Identität der Toten vom Seeufer betrifft?«

»Nicht wirklich, Chef«, übernimmt es Weiland, den Vorgesetzten zu informieren. »Wir haben uns die Vermisstenmeldungen der letzten zehn Tage vorgenommen, angefangen mit dem Tag vor dem Leichenfund. Sind eine ganze Menge, und nicht alle haben ein Foto, anhand dessen man einen Vergleich anstellen könnte.«

»Nehmt ihr die Meldungen von außerhalb auch durch? Köln und Bonn?«

»Klar, Chef. Damit haben wir aber erst heute Morgen begonnen. Wir werden sicher nicht umhinkommen, die Leute, die die Vermisstenanzeigen ohne Bild aufgaben, persönlich aufzusuchen.«

»Sind das denn viele?«

»Eine Handvoll, ist also zu bewältigen.«

»Okay, wenn ihr keinen eindeutigen Treffer mehr landet, werden wir das eben machen. Und was habt ihr in Erfahrung gebracht?«, fordert er Malowski und Heller auf, von ihrem Besuch in der Rechtsmedizin zu berichten.

* * *

»Ein Hörgerät?«, merkt Wolfgang Müller auf, nachdem Denise und Tobias ihren Bericht, den sie wie üblich im Wechsel vorbrachten, abgeschlossen haben. Er blättert in den Unterlagen, die er und Weiland mit in die Besprechung brachten. »Wo habe ich es denn ...? Ach, hier!« Er hält ein Blatt in die Höhe. »Simone Wichmann. Wurde in den frühen Morgenstunden des 25. August, und zwar laut Protokoll um 1:30 Uhr, von einer Dorothea von Braunsfeld auf der Polizeiwache in Bonn-Endenich als vermisst gemeldet.«

»Von Braunsfeld?«, wiederholt Donner den ungewöhnlichen Namen.

»Den hat sie jedenfalls dem Kollegen der Bonner Wache genannt«, hebt Müller die Schultern. »Verschwunden ist die Frau aber einige Stunden zuvor, am späten Abend des 24. August. Kein Foto. Besonderes Merkmal: Hörgerät am rechten Ohr! Allerdings stimmt das Alter nicht. Frau von Braunsfeld, nach eigenen Angaben die Freundin der Vermissten, gab ein Alter von zweiundzwanzig Jahren an.«

»Dann hat diese Simone ihre Freundin vielleicht angelogen, was das angeht. Immerhin hatte ich sie ebenfalls auf Anfang Zwanzig geschätzt«, überlegt Tobias Heller. »Ich gehe aber davon aus, dass Doktor de Luca das korrekte Alter ermittelte. Die Frau hat zwar eine gewaltige Macke, aber ihre Fachkompetenz ist unstrittig.«

»Ich denke, wir statten dieser Dorothea von Braunsfeld gleich morgen früh einen Besuch ab!«, schlägt seine Partnerin vor, ohne auf die despektierliche Bemerkung bezüglich der Rechtsmedizinerin einzugehen.

»Und gleicht bitte umgehend die DNA des Täters mit unseren Datenbanken und denen des BKA ab, sobald der schriftliche Bericht der Rechtsmedizin vorliegt!«, erinnert Donner die Kommissare, bevor die Versammlung sich auflöst.

DREI

Mittwoch, 29. August, 10:30 Uhr

»Wo sind wir denn hier gelandet?«, wundert sich Denise Malowski, während Tobias Heller den Audi langsam durch die Immenburgstraße rollen lässt, die Häuser links und rechts aufmerksam musternd. Wobei es Wohnhäuser bis auf wenige Ausnahmen im eigentlichen Sinne gar nicht zu geben scheint. Diese Straße liegt mitten im Industriegebiet und praktischerweise in unmittelbarer Nachbarschaft zur B56, sodass sie vom Kripogebäude in Siegburg aus nur dieser Bundesstraße zu folgen brauchten, um hierher nach Bonn-Endenich zu gelangen.

»Du hast recht, hier gibt es fast nur Firmen«, antwortet Tobias Heller seiner Partnerin. »Hier ist die Nummer 20!« Er tritt auf die Bremse. »Sieht nicht so richtig bewohnt aus, findest du nicht?« Der Wagen ist vor einem Betriebsgelände mit mehreren nicht gerade modern wirkenden Hallen zum Stehen gekommen.

»Hm. Nee, da wohnt keiner ... Aber vielleicht gegenüber«, überlegt Denise. »Da sind doch ein paar Wohnhäuser«, weist sie auf die andere Straßenseite. »Vielleicht hat die Dame sich ja bloß vertan?«

»Diese Bruchbuden?«, zweifelt Tobias. »Irgendwie kann ich mir nicht so recht vorstellen, dass jemand, der ›von Braunsfeld‹ heißt, in sowas zu Hause ist.«

»Du weißt doch, dass der deutsche Adel verarmt ist«, relativiert Denise und macht Anstalten, auszusteigen.

»Warte noch, Denise!«, hält Tobias sie zurück und tritt wieder aufs Gas. »Ich habe diesbezüglich nämlich eine gänzlich andere Vermutung!«

»Lässt du mich an deiner grenzenlosen Weisheit teilhaben?«, spottet Denise.

»Aber ja! Ich will nur vorher noch bis zum Ende der Straße fahren, um etwas zu überprüfen. Du kannst, wenn du magst, in der Zwischenzeit auf deinem Handy mal nach der Immenburgstraße googeln.«

Während der Wagen sich in die von Tobias bezeichnete Richtung in Bewegung setzt, zückt Denise kommentarlos ihr Diensthandy und beginnt mit der gewünschten Recherche. Aus langjähriger Erfahrung weiß sie, wenn ihr Partner sich dermaßen geheimnisvoll gibt, hat er einen konkreten Verdacht, den er aber erst verifizieren will, bevor er damit herausrückt. Nachbohren bringt da meist nicht allzu viel.

* * *

Christina Ohlsen hebt den Kopf, als ihr Chef den Kopf zur Tür hereinsteckt. Ihr Praktikant scheint die Störung überhaupt nicht wahrzunehmen, jedenfalls nimmt er den Blick nicht von den Schriftstücken, in die er seit geraumer Zeit schweigend vertieft ist. Es handelt sich um eine Kopie der KTU-Berichte zum aktuellen Fall.

»Ist was, Chef?«, fragt die Kommissarin höflich nach, weil Donner keine Anstalten macht, etwas zu sagen, sondern die ganze Zeit seinen Neffen anschaut.

»Wie ...? Ach so, weshalb ich gekommen bin ... Kommst du nachher mal kurz in mein Büro? So in zehn Minuten?« Sprach's und war auch schon wieder verschwunden.

Chrissie schüttelt ratlos den Kopf. ›Was sollte das denn jetzt?‹, wundert sie sich und vertieft sich erneut in die Berichte der Forensik, in denen sie gelesen hatte, bevor der Kommissariatsleiter hereinschneite.

* * *

Das stakkatoartige Geräusch von Oberkommissar Weilands Computertastatur bricht schlagartig ab, als Kommissariatsleiter Peter Donner das Büro betritt. Weilands Kollege Wolfgang Müller ist mit dem Lesen irgendwelcher Berichte beschäftigt. Beide heben die Köpfe, als ihr Vorgesetzter sich zu ihnen gesellt, eine Mappe mit Unterlagen in den Händen haltend. »Was liegt an?«, erkundigt er sich bei den beiden.

»Ich hab mir mal diese Frau vorgenommen. Dorothea von Braunsfeld«, beantwortet Weiland seine Frage. »Ich dachte, ich überprüfe mal ihre Adresse.« Weiland ist im Kommissariat als Querdenker bekannt, einer, der gerne mal Dinge hinterfragt und anders interpretiert, was aber schon öfter zu völlig neuen Erkenntnissen führte. »Irgendwas stört mich daran, Chef!«

»Denise und Tobias sind doch unterwegs zu ihr, oder irre ich mich da? Haben sie dich darum gebeten?«

»Nein, die sind schon zu der Adresse, die die Frau in der Vermisstenanzeige angab.«

»Aber?«

»Es gibt in ganz Bonn keine Dorothea von Braunsfeld! Und in Köln ebenfalls nicht. Und in den Orten unseres Zuständigkeitsbereichs, die ich bislang abgefragt habe, auch nicht! Dagegen stimmt aber die Anschrift, die sie der Polizei für die vermisste Person nannte. Eine Adresse in Köln, habe ich überprüft.«

»Das ist in der Tat äußerst merkwürdig. Bin ja mal gespannt, was die beiden dazu vor Ort herausfinden«, meint Donner dazu. »Aber ich habe hier etwas, das dringend erledigt werden muss!« Er überreicht Wolfgang Müller die mitgebrachte Mappe. »Das ist der Bericht der Rechtsmedizin. Gleicht doch bitte umgehend die fremde DNA, die am Opfer vorgefunden wurde, sie ist übrigens männlich, mit unseren Datenbanken ab. Und mit denen des BKA. Dazu ruft ihr am besten Hauptkommissarin Kowalski an, dann geht es schneller.«

Bettina Kowalski ist die Schwester von Denise Malowski und meist gerne bereit, über den kleinen Dienstweg Informationen zu besorgen, obwohl sie beim Bundeskriminalamt in einer anderen Abteilung tätig ist.

56

»Wird sofort erledigt, Chef!«, ruft Müller dem schon wieder davoneilenden Vorgesetzten hinterher. »Kann es sein, dass der Chef heute Hummeln im Hintern hat?«, wendet er sich danach verwundert an Weiland, der Donner ebenfalls verständnislos nachschaut.

»Hm«, brummt der aber nur und macht sich wieder an die Arbeit.

* * *

»Ohlsen?« Donner hebt die Augenbrauen, als Chrissie sein Büro betritt. »Kann ich etwas für dich tun?«

»Du hattest mich zu dir gebeten«, erinnert Ohlsen ihn. ›Der Chef benimmt sich reichlich merkwürdig‹, geht es ihr durch den Kopf.

»Ah, ja ... richtig. Setz dich doch kurz«, weist der Erste Hauptkommissar auf einen der Stühle vor seinem Schreibtisch. »Du weißt, dass du die Aussage verweigern darfst, wenn du dich selbst belasten würdest«, beginnt er in ungewohnt ernstem Tonfall, nachdem Ohlsen ihren Platz eingenommen hat.

»Äh ... Ich verstehe nicht, Chef ...!« Vorsorglich lässt sie die letzten Tage Revue passieren, ob sie vielleicht etwas ausgefressen haben könnte. ›Nein, jedenfalls nicht mehr als sonst auch‹, zieht sie einigermaßen beruhigt ihr Resümee.

»So? Und was hast du mit meinem Neffen angestellt? Und wer ist der junge Mann in deinem Büro? Du bist gestern mit Erik rausgefahren, und wiedergekommen bist du mit einem, der lediglich so ähnlich aussieht!«, grinst Donner sie jetzt an. »Jedenfalls ist das in deinem Büro nicht der vorlaute Bengel, den ich kenne! Was also hast du mit ihm angestellt?«

»Gar nichts weiter. Wir haben uns nur mal unterhalten, so von Frau zu Schülerpraktikant ... Ihm war wohl schon selbst aufgegangen, dass er nicht gerade besonders beliebt ist bei seinen Kollegen. Sorry, Chef. Aber das ist nun mal so. Und dann habe ich ihn ganz nebenbei in die Ermittlung vor Ort mit einbezogen. Hast ja mitbekommen, was dabei herausgekommen ist, der Junge hat echt was drauf!«

»Da sagst du was. Ich war auch nicht eben wenig überrascht! Dann ist mein kleines Experiment ja geglückt«, äußert sich Donner dazu. »Okay, das war es erst einmal!« Er wedelt mit der Hand, zum Zeichen, dass sie entlassen ist.

»Experiment?«, hakt die Kommissarin aber neugierig nach, statt den Raum zu verlassen. »Was denn für ein Experiment?«

»Ach, nichts weiter. Ich dachte nur, wenn überhaupt jemand mit dem verzogenen Bengel fertig wird, dann du. Schließlich warst du damals, als du hier als Kommissaranwärterin anfingst, auch nicht gerade die Nummer Eins auf der Beliebtheitsskala deiner Kollegen. Ich erinnere mich dunkel, dass da des Öfteren der Begriff ›Nervensäge‹ fiel ... Und jetzt ab an die Arbeit!«, entlässt Donner lachend die verdatterte Frau endgültig. »Ach, Chrissie!«, hält er sie dann aber zurück, als sie sich zur Tür wendet. »Ich kann mich doch darauf verlassen, dass du auf den Jungen achtgibst?«

Jetzt ist es an Ohlsen, zu schmunzeln. »Klar doch, Chef!«

* * *

Tobias Heller hält den Wagen vor einer Reihe carportartiger Unterstände am Ende der Straße an. »Hab ich es mir doch gedacht«, murmelt er vor sich hin. »Das dort sind sogenannte Verrichtungsboxen, Denise«, fügt er etwas deutlicher hinzu.

»Klingt irgendwie nach öffentlichen Toiletten«, bemerkt Denise Malowski abwesend dazu, ohne von ihrem Handy aufzublicken. Konzentriert scrollt sie durch die nicht wenigen Suchergebnisse zum Begriff ›Immenburgstraße‹.

»Damit liegst du gar nicht mal so falsch. Hier fahren die Straßendirnen mit ihren Freiern hin, um ungestört ... na, du weißt schon! Die Boxen dienen in erster Linie der Sicherheit der Prostituierten, weil gleich neben der Fahrertür eine Wand ist. Man kann daher die Tür nicht öffnen, solange der Wagen da drin steht. Die Nutte kann aber auf der Beifahrerseite hinaus und durch eine Tür im hinteren Bereich der Box abhauen, wenn es notwendig ist.«

Jetzt hebt Denise doch den Kopf und schaut sich die Anlage an. »Die sind alle leer«, stellt sie fest. »Du hast übrigens richtig vermutet, es handelt sich hier um den Bonner Straßenstrich. Da gibt es eine Menge Einträge im Internet.«

»Die dürfen erst in den Abendstunden hier ihre Dienste anbieten«, weiß Heller. »Auf Zuwiderhandlungen stehen hohe Bußgelder, habe ich mal gelesen.«

»Und was bringt uns das jetzt? Glaubst du, diese Dorothea von Braunsfeld ist 'ne Bordsteinschwalbe und geht hier anschaffen? Ich fürchte, dann ist der Name genauso falsch wie die Adresse, die sie bei der Polizei angab!«

»Warte, das haben wir gleich«, beschließt Heller und zückt sein Handy. »Tobias hier. Hör mal, Horst, könntest du mal schnell die Anschrift von dieser von Braunsfeld checken? Die angegebene Adresse scheint falsch … … hast du schon gemacht? Und? … … Mist! Danke, wir kommen dann wieder zurück ins Kommissariat.«

»Lass mich raten, Horst hat keinen Eintrag im Melderegister gefunden?«

»Korrekt, Denise. Nicht in Bonn, nicht in Köln. Dann bleibt uns eigentlich nur eine Option …«

»Sollte der Herr damit andeuten wollen, dass wir uns die Nacht um die Ohren schlagen, um hier die Bordsteinschwalben auszufragen, sobald die hier auftauchen, muss ich aber passen. Heute ist mein freier Nachmittag, da muss ich mich um meine Tochter kümmern!«

»Stimmt, das hatte ich nicht bedacht.« Tobias Heller klingt enttäuscht. »Dann muss ich eben Wolfgang mitnehmen.«

»Oh, oh! Na, dann mal viel Spaß dabei!«

»Was ist?«, tut Tobias unschuldig, obwohl er ahnt, was Denise meint.

»Wenn Wolfgang dabei ist, wirst du sein Anhängsel ebenfalls mitnehmen müssen. Erinnere dich, was sie für einen Aufstand veranstaltete, als er damals in diesem Dating-Portal im Internet ermittelte. Und jetzt hier bei den ›leichten Mädchen‹ ...?«

»Dann kommt Chrissie eben mit«, seufzt Heller und wendet ohne weiteren Kommentar den Wagen für die Rückfahrt. Denise glaubt aber, ein leise gemurmeltes ›Kinderkram‹ zu vernehmen.

* * *

Am Abend

Schließlich kam es dann doch anders. Tobias ließ sich nur zu bereitwillig davon überzeugen, dass es wenig Sinn mache, mit gleich drei Polizeibeamten nach Bonn-Endenich zu fahren. Und da sie selbst auf gar keinen Fall zurückbleiben werde, wenn ihr Freund dort ermittelt, argumentierte Ohlsen, könne Tobias ebenso gut zu Hause bleiben.

Dieser geballten Ladung weiblicher Logik hatte der Hauptkommissar nichts entgegenzusetzen, zumal er die ohnehin nicht schwierige Aufgabe bei den beiden in bewährten Händen weiß. Die Immenburgstraße, in der Wolfgang Müller den Wagen in einer Parkbucht abgestellt hat, liegt allerdings verlassen vor ihnen.

»Sieht reichlich öde hier aus, Wolfie«, bringt Chrissie Ohlsen es auf den Punkt. »Weit und breit niemand zu sehen!«

»Wie du siehst, wohnt hier kaum jemand, und die hier ansässigen Firmen sind bis auf den Supermarkt dort drüben jetzt geschlossen. Wir sind etwas zu früh hier, die ›Damen‹ werden erst bei Einbruch der Dunkelheit auf der Bildfläche erscheinen, denke ich. Bis dahin ist noch eine halbe Stunde Zeit.«

* * *

»Musstest du vorhin gleich so schamlos übertreiben?«, durchbricht Wolfgang Müller die nachdenkliche Stille an Bord des Dienstwagens. Draußen beginnt langsam die Abenddämmerung, die ihrem Warten hoffentlich bald ein Ende setzt.

»Ich soll etwas übertrieben haben? Ich weiß nicht, was du meinst ...«, tut Chrissie Ohlsen harmlos.

»Ach komm schon! Wie lange sind wir jetzt zusammen? Drei Jahre? Die Eifersuchtsnummer, die du Tobias gegenüber abgezogen hast, kaufe ich dir keinen Augenblick ab!«

»Tobias hat es gefressen«, grinst Chrissie. »Ich wollte eben nicht wieder den ganzen Abend alleine zu Hause herumsitzen. Und die beiden müssen ja nicht immer an vorderster Front agieren. Das hier können wir ebenfalls erledigen!«

»Denise und Tobias leiten nun mal die Ermittlungen. Und sie sind ein seit Jahren eingespieltes

Team. Manchmal glaube ich, die können gegenseitig ihre Gedanken lesen, das ist beinahe schon unheimlich!«

»Sieh mal, Wolfie«, lenkt seine Freundin vom Thema ab. »Könnte es sich bei der da vorn nicht um eine Prostituierte handeln?« Sie zeigt auf die andere Straßenseite, wo eine junge Frau in einem auffälligen Outfit um die Ecke gestöckelt kommt. Highheels mit mörderisch hohen Absätzen, ein knappes bauchfreies Top mit ordentlich was drin und ein superenger Rock, der auch als Gürtel durchginge. Eine absolut dazu passende knallrote Handtasche baumelt von ihrer Schulter.

»Na, wenn das keine Bordsteinschwalbe ist …«, gibt Wolfgang Müller ihr recht und macht sich zum Aussteigen bereit. Schnell verlassen die beiden Ermittler, jetzt wieder voll auf ihren Auftrag konzentriert, das Auto.

Das Mädchen, Müller schätzt sie auf keinen Tag älter als zwanzig Jahre, schaut sie misstrauisch an, als sie sich ihr nähern.

»Nix zwei!«, ruft sie ihnen in gebrochenen Deutsch entgegen. Offenbar stammt die junge Frau aus Osteuropa, wie die meisten ihrer ›Kolleginnen‹. »Und nur schöne Mann!« Mit Kennerblick taxiert sie die hünenhafte Gestalt des Oberkommissars, was ihr einen grimmigen Blick seitens seiner Freundin einbringt. »Sonst warten auf Professor, die machen auch mit Frau.«

»Professor?«, fragt Wolfgang Müller interessiert nach.

»Ja, nennen so, weil immer so fein ausdrücken. Wie sagen? Studiererin?«

»Studentin«, vermutet Müller. »Ist sie heute hier?«

»Doro nicht gesehen seit letzte Freitag. Freundin auch nicht.«

Bei der Nennung des Namens wird Müller sofort hellhörig. Und nicht nur er. Ehe er darauf reagieren kann, hat Ohlsen aber schon ihr Handy gezückt und hält es der Frau mit einem nachbearbeiteten Gesichtsfoto der Simone Wichmann auf dem Display hin. »Ist das die Freundin von Doro?«

»Warum wollen wissen?«, wird die Prostituierte plötzlich misstrauisch und macht einen Schritt zurück. »Du Polizei? Papiere in Ordnung, können nachprüfen!«

Chrissie wechselt einen schnellen Blick mit ihrem Freund und Kollegen. »Es ist alles gut, wir suchen nur nach Doro und ihrer Freundin«, versucht sie, die ängstliche Frau zu beruhigen, die sich sofort merklich entspannt.

»Ja, ist Simi, Freundin von Doro«, bestätigt sie dann nach einem Blick auf das Foto. »Vielleicht versuchen da hinter Tunnel«, zeigt sie auf die nahe Autobahnunterführung. »Doro oft dort mit Freundin. Ist bessere Gegend da. Ist aber für Geschäft verboten!«

»Und Sie haben die beiden seit Freitag nicht mehr gesehen?«, vergewissert Wolfgang Müller sich noch einmal. Das war laut der Vermisstenan-

64

zeige der Tag, an dem Simone Wichmann verschwand.

»Ja, richtig. Freitag«, nickt die Frau, deren Namen sie nicht einmal in Erfahrung gebracht haben. Aber wahrscheinlich hätte sie ihnen ohnehin nur einen ›Künstlernamen‹ genannt.

VIER

»Wir haben uns dann selbstverständlich noch bei den anderen Straßendirnen umgehört«, beendet Wolfgang Müller den Bericht über den Einsatz am gestrigen Abend. »Ist aber nichts bei herausgekommen. Nur eine sagte aus, sie habe Doro und Simi, wie sich die beiden dort wohl nennen, durch die Unterführung auf die andere Seite gehen sehen. Das war am Freitag gegen 20:30 Uhr, meinte sie.«

»In der Vermisstenanzeige gab die Frau, von der wir jetzt wissen, dass sie der Polizei einen falschen Namen nannte, zu Protokoll, sie habe ihre Freundin am Gebäude der Telekom in der Straße ›Am Probsthof‹ aus den Augen verloren«, liest Tobias Heller aus dem Dokument vor. »Das ist doch dort, wo du sagtest, oder? Auf der anderen Seite der Autobahn.«

»Stimmt. Wir haben uns dort ebenfalls umgehört. Aber den wenigen Passanten, die wir um diese Zeit dort antrafen, war am Freitagabend nichts weiter aufgefallen.«

»Halten wir also Folgendes fest«, fasst Donner die bekannten Fakten zusammen. »Das Opfer Simone Wichmann und die Frau, die sich bei der Polizei als Dorothea von Braunsfeld ausgab, sind vermutlich Studentinnen, die ihre Studiengebühren am Bonner Straßenstrich aufbessern. Sie dehnen ihr Revier auf die Gegend am Telekomgebäude auf, wo Prostitution nicht erlaubt ist. Das war offenbar auch am Freitagabend der Fall, als Simone Wichmann ... Wie war das noch genau, Tobias?«, unterbricht der Kommissariatsleiter sich. »Du hast doch den Bericht vor dir liegen.«

»Hier steht, dass Dorothea ihre Freundin ›kurz aus den Augen verloren hat‹. Das hat sie wörtlich so gesagt«, liest Tobias Heller vor. »Als Uhrzeit ist 21:20 Uhr angegeben. Als Simone Wichmann nicht wieder auftauchte, ging ihre Freundin zur Polizei. Das war laut Protokoll um genau 1:30 Uhr.«

»Das ist mehr als vier Stunden später«, rechnet Horst Weiland schnell nach. »Das stinkt doch zum Himmel! Kommt es euch nicht merkwürdig vor, dass die Freundin die Uhrzeit, zu der Simone Wichmann verschwand, dermaßen exakt angab?«

»Ja, und aus welchem Grund gab sie einen falschen Namen und eine erfundene Adresse an, nannte aber der Polizei die korrekten Daten der Freundin?«, ergänzt Chrissie Ohlsen. »Die Identität des Opfers ist nämlich bestätigt, ich konnte vorhin die Klinik ausfindig machen, die das Hörimplantat einsetzte, welches beim Opfer gefunden wurde. Es wurde einer Simone Wichmann eingesetzt. Irrtum ausgeschlossen!«

»Wenn die Polizei bei der Suche Erfolg haben sollte, blieb ihr bezüglich des Namens und der Adresse keine andere Wahl«, überlegt Denise Malowski. »Sie selbst wollte aber aus der Sache herausgehalten werden. So sehe ich das!«

»Weil die beiden dort illegal der Prostitution nachgingen«, vermutet Heller. »Wir müssen diese ›Doro‹ unbedingt finden! Unter Umständen hat sie eine wichtige Beobachtung gemacht, die uns weiterhilft. Zum Beispiel, ob Simone Wichmann einen ›Kunden‹ hatte.«

»Wir können unmöglich tagelang die Gegend observieren, Tobias«, weist der Kommissariatsleiter auf ihre eingeschränkten Möglichkeiten hin. »Und wer weiß, ob die Dame überhaupt noch einmal dort auftaucht! Sag mal, Erik«, wendet er sich an seinen Neffen, der sich verdächtig ruhig verhält und mit dem Handy herumspielt. »Langweilen wir dich etwa?«

»Was?«, schreckt der Junge auf und legt das Smartphone auf den Tisch. »Nein, Chef. Alles gut. Aber ich weiß vielleicht, wie wir an die Frau herankommen!«

»Ach ja? Und wie willst du das anstellen?«

Eriks Ohren bekommen eine leichte Rötung, als er die Aufmerksamkeit aller Kommissare auf sich gerichtet sieht, macht aber dennoch einen selbstsicheren Eindruck. »Ich hab mal die Adresse gegoogelt, die von dem Opfer«, hebt er siegessicher zu einer Erklärung an. »Und ihr werdet nicht erraten, wo das ist!«

»In Köln, das ist aber hinreichend bekannt. Zumindest, wenn man Ermittlungsberichte liest!« Donner macht ein Gesicht, als zweifele er am Verstand des Jungen.

»Ja, aber in welchem Ortsteil? Ich sage es euch: Die Wohnung liegt in Köln-Braunsfeld. Na, klingelt da was?«

Tobias Heller schlägt sich mit der flachen Hand an die Stirn. »Mann, was waren wir doch für Dussel«, entfährt es ihm. »Dorothea von Braunsfeld ... wie wäre es denn dann mit Dorothea *aus* Braunsfeld? Aber die Adresse haben wir damit immer noch nicht!«

»Es sei denn, die beiden Studentinnen hatten eine Wohngemeinschaft«, schlägt Denise Malowski vor, die ahnt, worauf Erik hinauswill. »Dann müssten wir nur überprüfen, ob unter der Adresse eine Dorothea wohnt!«

»Dann nichts wie an die Arbeit, Leute!«, entlässt Donner seine Mannschaft. »Und bei Gelegenheit erklärt mir mal einer, warum euch Genies das nicht eingefallen ist!« Dass er insgeheim vor Stolz über die Leistung seines Neffen beinahe platzt, lässt er sich nicht anmerken.

* * *

»Ich kann es immer noch nicht fassen, dass uns das entgangen ist!«, schüttelt Tobias Heller den Kopf. »Und ausgerechnet ein Gymnasiast stößt uns mit der Nase darauf.«

»Die Macht des geschriebenen Wortes, Tobi!«, erklärt seine Partnerin ihm. »Es stand so in der Vermisstenanzeige und keiner hat es zunächst angezweifelt. Horst hat zwar aus einem Bauchgefühl die Adresse überprüft, fand aber nur heraus, dass eine *Person* mit diesem Namen nicht existiert. Zudem war die Anschrift des Opfers im Melderegister ohne Zusatz des Ortsteils gespeichert. Und wer hat schon alle Stadtteile Kölns im Kopf? Und ›Dorothea von Braunsfeld‹ klingt doch irgendwie schick, das musst du zugeben!«

»Zum Glück hat der Chef nicht darauf bestanden, dass wir den Bengel als Belohnung für seinen Geistesblitz mitnehmen«, brummt Heller missmutig. Die Vermutung des Jungen hatte sich umfänglich bestätigt. Unter derselben Anschrift, unter der Simone Wichmann gemeldet ist, gibt es laut Einwohnerregister eine Dorothea. Eine Dorothea Krüger, um genau zu sein.

Die Frau ist etwa im selben Alter wie Simone, es passt also wie die berühmte Faust aufs Auge. Und daher sind Denise und Tobias jetzt auf dem Weg zur Aachener Straße in Köln-Braunsfeld, das auf der anderen Rheinseite liegt und bequem über die A4 zu erreichen ist.

»Jetzt gehst du aber doch etwas hart mit Erik ins Gericht«, äußert sich Denise zu Tobias' Unmut über den Schülerpraktikanten. »Ist dir nicht aufgefallen, dass der Junge sich um hundertachtzig Grad gedreht hat? Er sagt nicht mehr ›mein Onkel‹ und spricht Donner mit ›Chef‹ an, wie wir alle. Und er ist mit Begeisterung bei der Sache.«

»Jaaah«, dehnt Heller theatralisch. »Du hast recht! Jetzt, wo du es sagst … das ist genau seit gestern der Fall, und zwar seit Chrissie mit ihm an der Talsperre war. Was da draußen wohl vorgefallen ist?« Er senkt die Stimme zu einem verschwörerischen Tonfall. »Ob sie ihn gefoltert hat? … Aua, nicht hauen!«, lacht er, weil Denise ihm vom Fahrersitz spielerisch auf den Arm geschlagen hat.

»Alberner Kerl!«, schüttelt sie den Kopf und konzentriert sich wieder auf den Verkehr. Lächelnd denkt sie daran, dass Tobias sich standhaft weigert, das Steuer zu übernehmen, sobald es in die Rheinmetropole geht. Über den Grund seiner übertrieben wirkenden Aversion gegen diese Stadt schweigt er sich allerdings beharrlich aus.

* * *

»Da haben wir uns ja nicht mit Ruhm bekleckert, Wolfgang!« Horst Weiland prüft zum wiederholten Mal seinen Eingangsordner für die elektronische Post, als könne er allein dadurch die ersehnte Email vom BKA in Wiesbaden herbeizaubern. »Ausgerechnet Erik muss uns mit der Nase darauf stoßen!«

»Wir waren eben nur allzu gerne bereit, die Angaben kritiklos hinzunehmen, die unseren Bonner Kollegen zu Protokoll gegeben wurden«, erwidert Wolfgang Müller, nicht ahnend, dass Denise Malowski und Tobias Heller in genau diesem Augenblick eine ähnliche Unterhaltung führen. »Nenn es Betriebsblindheit, jedenfalls sind wir jetzt hoffentlich einen Schritt weiter. Kriminalfälle werden bekanntlich vom Team gelöst, und Erik gehört eben momentan dazu. Ich finde, er macht seine Sache gar nicht mal so schlecht für sein Alter.«

»Ja, er wirkt verändert ... da hat nicht zufällig eine gewisse Kommissarin etwas mit zu tun?« Horst Weiland schaut seinen Freund fragend an. Nachdem Chrissie und Erik sich nicht dazu äußern, hofft er, von Christina Ohlsens Lebenspartner einen Hinweis zu erhalten.

Müller lächelt aber nur geheimnisvoll vor sich hin. »Kein Kommentar! Aber hatte die Kowalski nicht versprochen, die Ergebnisse des DNA-Vergleichs umgehend zu besorgen? Ist denn immer noch nichts angekommen?«

»Bettina hat die DNA ja erst seit gestern, Wolfgang. Zaubern kann sie schließlich auch nicht. Sie hat aber versprochen ...« Ein leises ›pling‹ aus dem Lautsprecher des Computers lässt ihn verstummen. Wie auf Bestellung ist in genau diesem Augenblick eine Nachricht hereingekommen, und sie ist vom Bundeskriminalamt! Horst Weiland überfliegt die wenigen Zeilen im Schnelldurchgang. »Wir haben einen Treffer!«, informiert er seinen Partner.

* * *

Über die A4 und später die A1 gelangen sie auf die Aachener Straße, eine der längsten durchgehenden Verkehrswege Kölns. Die Fahrbahn ist vierspurig und verläuft mit je zwei Spuren für eine Richtung links und rechts der hier allgegenwärtigen Straßenbahnschienen. Natürlich kommen sie von der falschen Seite: Auf der Spur, die sie in Richtung Innenstadt befahren, sind die ungeraden Nummern, ihre Zieladresse liegt also auf der anderen Straßenseite. Geduldig fährt Denise Malowski die Straße entlang, bis sich eine Möglichkeit zum Wechseln auf die Gegenspur ergibt, das nervöse

Trommeln ihres Partners auf der Seitenkonsole geflissentlich ignorierend.

Nach weiteren fünfhundert Metern stellt Denise, insgeheim doch erleichtert, den Wagen auf einem kleinen Parkplatz in der Eschweilerstraße ab, einer Einbahnstraße, die von der Aachener Straße abgeht. Ihr Ziel ist nur einige wenige Meter entfernt, gleich neben einem Laden, der laut einem Transparent Antiquariat anbietet. Schweigend legen sie die kurze Strecke bis dorthin zu Fuß zurück. Langsam dämmert es ihr, worin Tobias' Abneigung gegen diese Stadt begründet ist.

Das Haus ist dreigeschossig und die oberste Klingel ist mit zwei Namen beschriftet: *Wichmann* und *Krüger*. Denise Malowski kommentiert es mit einem gemurmelten »Bingo«, bevor sie entschlossen ihren Finger auf den Klingelknopf für die Dachgeschosswohnung legt.

Als auch nach dem dritten Läuten keine Reaktion erfolgt, will Denise auf eine der anderen Klingeln drücken, um wenigstens ins Treppenhaus zu gelangen. Oftmals führt diese Strategie zu einem wie auch immer gearteten Erfolg, sei es, dass man an der Wohnungstür mehr Glück hat, sei es, dass Wohnungsnachbarn hilfreiche Informationen geben können.

»Schau mal auf die Uhr!«, hält Tobias sie zurück. »Es ist nicht einmal Mittag. Sollte es sich bei der Krüger um eine Studentin handeln, ist sie jetzt vermutlich in der Uni, oder sie schläft noch«, vermutet Tobias, der sich lebhaft an seine eigene, kurze Studienzeit erinnert. In derselben Sekunde ertönt ein

»Ja, bitte?«, aus der Türsprechanlage. Die Worte klingen undeutlich, verwaschen.

›Da haben wir wohl jemanden aus dem Bett geholt‹, denkt Denise. »Frau Krüger?«, ergreift sie schnell das Wort. »Wir sind von der Kriminalpolizei, es geht um Ihre Vermisstenanzeige wegen Ihrer Freundin Simone Wichmann. Können wir kurz mit Ihnen sprechen? Es ist wirklich äußerst wichtig!« Nach einigen Sekunden der Stille wird ohne ein weiteres Wort seitens der Wohnungsinhaberin der Türöffner betätigt. Aufatmend drückt Denise Malowski die Haustür auf.

Oben angekommen, wird den Ermittlern sofort klar, weshalb die junge Frau nicht in einer Vorlesung ist. Das Gesicht der Frau, die sie hinter der durch eine Kette gesicherten Tür erwartet, sieht aus, als hätte sie mit einem Bären gekämpft: Eine aufgeplatzte Oberlippe, zugeschwollene Augen und mehrere Hautabschürfungen und Hämatome lassen keinen Zweifel aufkommen. Hier war rohe Gewalt im Spiel! Die Furcht in ihrem Gesicht ist unübersehbar, als sie den sich nähernden Kommissaren misstrauisch entgegenblickt.

»Um Himmels willen!«, entfährt es Denise Malowski erschrocken beim Anblick der Verwüstungen im Antlitz der Frau. »Was ist mit ihrem Gesicht passiert?« Das Kriminalkommissariat 1 ist unter anderem für Ermittlungen in Fällen häuslicher Gewalt zuständig, daher ist ihr und Tobias ein solcher Anblick beileibe nicht unbekannt. Diese Verletzungen hier lassen aber auf eine ungewöhnliche Brutalität des Täters schließen.

»Können Sie sich bitte ausweisen?«, kommt es dumpf zwischen den geschwollenen Lippen der Frau hervor. Jetzt wird Denise und Tobias auch klar, worin die undeutliche Aussprache begründet ist. Synchron ziehen sie ihre Ausweise und halten sie so an den Türspalt, dass Dorothea Krüger sie lesen kann. Sekunden später wird die Tür geschlossen und es ertönt das typische rasselnde Geräusch einer Sicherheitskette, die entfernt wird. Dann öffnet sich die Tür erneut. Stumm folgen die Kommissare der offensichtlichen Einladung und betreten die Wohnung. Jetzt wird offenbar, dass die Verletzungen ihrer Gastgeberin sich bei weitem nicht auf das Gesicht beschränken. Mit Besorgnis verfolgen die Besucher die vergeblichen Bemühungen der Frau, es zu kaschieren, ihr starkes Hinken und die verkrümmte Körperhaltung sprechen indes eine eindeutige Sprache.

* * *

»Sie sehen nicht gut aus, Frau Krüger!«, bemerkt Denise als Erstes, nachdem sie alle am Küchentisch Platz gefunden haben. Ihr Gegenüber macht einen apathischen Eindruck auf sie, wahrscheinlich ist sie bis zur Halskrause mit Schmerzmitteln zugedröhnt. »Sie gehören in ein Krankenhaus! Wer hat Sie so zugerichtet?«

»Lassen Sie nur.« Ein trockenes Husten begleitet die drei Worte. Denise wechselt einen sorgenvollen Blick mit Tobias. Das klingt nach mindestens einer angebrochenen Rippe. »Das wird schon wieder«, fährt Krüger nach einigen Augenblicken fort, wobei sie sich krampfhaft bemüht, nicht vom Stuhl zu fallen. »Sie kommen wegen Simone? Haben Sie sie gefunden?« Ihre Worte werden immer wieder von kurzen Hustenanfällen unterbrochen.

Denise Malowski seufzt leise und nimmt sich vor, spätestens im Anschluss an die Befragung einen Arzt zu rufen, wenn nötig, auch gegen den Willen der Verletzten. »Wir müssen Ihnen leider eine sehr traurige Mitteilung machen«, bringt sie den für solche Situationen mehr oder weniger einstudierten Standardsatz vor. »Ihre Freundin wurde am Montag ...«

Denise unterbricht sich erschrocken, weil Dorothea Krüger plötzlich die Augen verdreht, bis nur noch das Weiße zu sehen ist. Obwohl sie direkt reaktionsschnell aufspringt, kann die Polizistin nicht mehr verhindern, dass die Frau vom Stuhl kippt und lang auf den Fußboden schlägt. Zwei Sekunden später kniet sie daneben und fühlt als Erstes ihren Puls, der zwar schwach, aber dennoch fühlbar ist.

»Bleiben Sie bei mir, Frau Krüger!«, spricht sie die offenbar Bewusstlose an und tätschelt leicht ihre Wangen, um die Blutzirkulation anzuregen. Die Verletzte zu bewegen, traut sie sich nicht, es könnten innere Verletzungen vorliegen. Auffordernd schaut sie zu ihrem Partner, der aber schon sein Handy hervorgeholt hat und mit ernster Miene den Notruf wählt.

* * *

»Leider ist sie nicht wieder aufgewacht, Chef«, beendet Tobias den Bericht. »In der Klinik wurde sie sofort einer mehrstündigen Operation unterzogen und in ein künstliches Koma versetzt, um dem Körper genügend Reserven für die Regeneration zu verschaffen, wie der Chefarzt uns sagte. An eine Befragung ist daher für die nächsten Tage nicht zu denken!«

»Gibt es Hinweise darauf, dass ihr Zustand etwas mit unserem Mordfall zu tun hat?«, will Donner sofort wissen.

»Die Verletzungen sind noch nicht so alt, sagte der Arzt«, gibt Denise Malowski zurück. »Lebensbedrohlich waren dabei vor allem schwerwiegende innere Verletzungen. Dorothea Krüger hätte den Tag höchstwahrscheinlich nicht überlebt, wenn wir nicht rechtzeitig dort gewesen wären. Ob es da einen Zusammenhang gibt, obwohl jemand sie Tage nach dem Mord an ihrer Freundin so übel zurichtete, werden wir vorläufig nicht erfahren, fürchte ich.«

»Außerdem waren wir anschließend auf der Polizeiwache in Bonn-Endenich, sie ist nicht weit vom Straßenstrich entfernt«, fügt Tobias Heller an. »Wir hatten Glück, dass der Beamte, der die Vermisstenmeldung aufnahm, heute Dienst hatte. Dorothea Krüger, die ja dort einen falschen Namen angab, habe einen normalen Eindruck hinterlassen, sagte er. Ihm sei nur ihr nuttiges Aussehen aufgefallen, und reichlich nervös sei sie ihm auch vorgekommen.«

»Wir dürfen nicht davon ausgehen, dass die beiden Ereignisse *nicht* zusammenhängen!«, beschließt Donner. »Frau Krüger könnte auf eigene

Faust Nachforschungen in dem Milieu angestellt haben und an die falschen Leute geraten sein. Hoffentlich ist die Frau bald vernehmungsfähig!«

Der Erste Hauptkommissar legt eine bedeutungsvolle Pause ein, bevor er Denise Malowski und Tobias Heller über die neuesten Erkenntnisse unterrichtet, die von den Kollegen während ihrer Abwesenheit erzielt wurden. »Nun, ganz arbeitslos werden wir aber die nächsten Tage nicht sein«, fährt er nach einigen Sekunden fort. »Wir haben nämlich beim BKA einen Treffer in deren DNA-Datenbank erzielt.«

»Einen Treffer?«, wiederholt Tobias Heller stirnrunzelnd. »Deinem Tonfall gemäß gibt es aber keinen Namen dazu, habe ich recht?«

»Das stimmt«, ergreift Horst Weiland das Wort. »Es handelt sich um einen bisher ungeklärten Mordfall in Rheinland-Pfalz. In der Nähe von Trier gab es vor etwa einem Jahr eine weibliche Leiche. Ich habe mit einem der ermittelnden Beamten in Trier telefoniert. Demnach wurde das Opfer erdrosselt auf einem abgelegenen Parkplatz an der L141 aufgefunden. Auch diese Frau war misshandelt worden und nur notdürftig bekleidet, als man sie fand. Es gibt also durchaus Parallelen zu unserem Fall!«

»Einmal davon abgesehen, dass an dem Opfer die DNA des Täters sichergestellt wurde, und diese mit der an unserer Leiche übereinstimmt!«, ergänzt Wolfgang Müller. »Die Identität des Opfers konnte bis heute nicht ermittelt werden.«

»Ich habe das dringende Bedürfnis, mir die Sache vor Ort einmal persönlich anzusehen!«, äußert sich Heller nach einem Seitenblick zu Denise, den diese mit einem angedeuteten Kopfnicken beantwortet. »Ich denke, es kann nicht schaden, mit den Kollegen, die in dem Fall damals ermittelten, zu reden und den Fundort der Leiche aufzusuchen. Womöglich bekommen wir sogar eine Kopie der Ermittlungsakte ... Wie sieht es mit einer kleinen Dienstreise aus, Chef?«

»Genehmigt. Aber haltet euch mit den Spesen zurück«, brummt der Kommissariatsleiter seine Zustimmung. »Ihr könnt dann gleich morgen früh nach Trier fahren, wenn ihr wollt.« Er blickt allen der Reihe nach ins Gesicht. »Hoffentlich haben wir es nicht mit einem Serientäter zu tun!«, bringt er mit Grabesstimme zum Ausdruck, was ohnehin alle denken.

FÜNF

Freitag, 31. August, 10:47 Uhr

Erik, der Schülerpraktikant, arbeitet konzentriert an einem Notebook, das ihm aus dem Fundus des Kommissariats zur Verfügung gestellt wurde. Da Christina Ohlsens Büro nicht sehr groß ist, war nur Platz für einen kleinen quadratischen Tisch für Erik. Es scheint ihn aber nicht zu stören.

Chrissie weiß nicht, was der Junge da treibt, es ist ihr aber auch egal. Hauptsache, er verhält sich ruhig und stört sie nicht bei der Lektüre des aktuellen Berichts der KTU. Denise und Tobias sind gleich nach Dienstbeginn nach Trier gefahren und dürften ihr Ziel mittlerweile erreicht haben. Da allein für Hin- und Rückweg mindestens vier Stunden zu veranschlagen sind, werden sie den ganzen Tag außer Haus sein.

In dem Bericht geht es im Wesentlichen um die Analyse der Lackspuren, die die Forensik an diesem Stein dort am Wegesrand an der Talsperre sicherstellte. Als Chrissie mit Erik am Dienstag dort war, haben sie ihn sich angeschaut. Es handelt sich um einen Grenzstein, der direkt neben dem Weg steht, den der Täter befuhr, um seine Leiche zu entsorgen.

Leider wird das Ergebnis des Labors sie nicht weiterbringen, da es sich bei den Lackspuren nicht um die Originalfarbe eines Autoherstellers handelt, sondern um eine Farbe, wie man sie in jedem Laden für Kfz-Zubehör oder im Versandhandel kaufen kann. *Sprühlack, glänzend weiß, RAL 9010*, steht dort geschrieben.

Chrissie staunt auch nach Jahren immer wieder darüber, was man aus ein paar Lackspuren, die in hundertstel Gramm zu messen sind, alles herauslesen kann. Den Fall aufzuklären, wird ihnen diese Erkenntnis aber leider wohl nicht helfen. Alles, was daraus zu entnehmen ist, ist die Tatsache, dass der Halter des Fahrzeugs wohl die Kosten für eine professionelle Lackierung scheute und selbst Hand anlegte. Und, dass ihm ein ähnliches Missgeschick mindestens schon einmal vorher passiert sein muss.

»Kommissarin Chrissie?«, lässt Erik sich jetzt vernehmen, und Ohlsen schmunzelt über die reichlich gestelzte Anrede, die er verwendet. Er traut sich sicher nicht, eine fast zehn Jahre ältere Frau zu duzen, obwohl sie es ihm ausdrücklich angeboten hat. Erst jetzt fällt ihr auf, dass sein Tastaturgeklapper schon vor Minuten aufgehört hat.

»Ja, Erik?«

»Mir ist da etwas aufgefallen ... Es gibt unter Umständen eine Möglichkeit, den Weg zu rekonstruieren, den der Mörder nahm, nachdem er sein Opfer überwältigte. Vielleicht finden wir dann ja heraus, wo er sie getötet hat!«

Das Interesse der Kommissarin ist geweckt. »So? Und wie stellst du dir das vor?«, ermuntert sie ihren Praktikanten zum Sprechen. Erik ist ein heller

Kopf, wie sie feststellen durfte, es lohnt sich daher sicher, seine Überlegungen zumindest anzuhören.

»Stimmt es, dass man, ohne das dazugehörende Handy zu besitzen, feststellen kann, wo es sich in der Vergangenheit befand? Also ortungstechnisch? Auch dann, wenn das Gerät in der Zwischenzeit ausgeschaltet ist?«, stellt Erik aber zunächst eine vordergründig völlig andere Thematik in den Raum.

›Worauf will der Junge hinaus?‹, überlegt Ohlsen. »Wir hatten einmal einen solchen Fall«, erinnert sie sich. »Und zwar haben wir seinerzeit bei einem Provider nachgefragt, in welchem Sende-mast das Handy eines Verdächtigen zu einer bestimmten Zeit eingebucht war. Da hatten wir das Telefon auch nicht, aber immerhin kannten wir die Mobilfunknummer.« Langsam dämmert es ihr, was ihrem Praktikanten vorschwebt. »Die Antwort lau-tet also: Ja, es geht. Die Provider halten diese Daten teilweise über Monate oder gar Jahre vor.«

»Ich habe mir das auf *Google Maps* angeschaut«, wird Erik jetzt konkret. »Und zwar kann man von der Stelle, wo Simone Wichmann zuletzt gesehen wurde ...«

»In Bonn-Endenich«, wirft Ohlsen ein.

»Ja, am dortigen Straßenstrich. Von dort kann man auf ein und derselben Bundesstraße bis zu der Stelle fahren, wo die Leiche gefunden wurde. Die B56 führt praktisch unmittelbar dort an der Immenburgstraße vorbei. Und an der Talsperre auch.«

»Du meinst, der Täter wohnt oder arbeitet vielleicht am Anfang oder am Ende der Strecke?«, führt die Kommissarin den Gedanken fort. »Aber wie sollen wir das herausfinden? Wir wissen ja nicht einmal, ob das Opfer ein Mobiltelefon besaß!«

»Hat nicht jeder ein Handy?«, wundert sich der Junge. Klar, in seiner Generation ist ein Smartphone nicht nur eine Selbstverständlichkeit, sondern ein absolutes Muss.

»Nicht jeder. Hauptkommissar Heller hat zum Beispiel privat keines. Nur das Diensttelefon. Er sagt immer, wenn man Verabredungen einhält, muss man keine SMS verschicken, dass es später wird. Und jemandem mitzuteilen, dass man vor der Tür steht, sei sowieso sinnlos. Und dann denk bitte daran, dass das Opfer ein Hörimplantat trug. Wer weiß, ob sie überhaupt ein Handy benutzen konnte. Und selbst, wenn sie eines besaß, kennen wir ihre Telefonnummer nicht!«

»Lässt sich das alles nicht herausfinden?«

»Wir könnten ihre Freundin Dorothea Krüger befragen, aber die liegt derzeit im Koma. Eine Durchsuchung der Wohnung kriegen wir nicht genehmigt, da Frau Krüger momentan nicht zu den verdächtigen Personen zählt. Und bei allen Providern nachfragen? Vergiss es! Zudem besteht die nicht unwahrscheinliche Möglichkeit, dass der Mörder seinem Opfer das Handy gleich zu Beginn abnahm, dann wären wir so schlau wie zuvor, selbst, wenn wir es fänden.«

»Schade!« Christina Ohlsen hört die Enttäuschung in Eriks Stimme und macht sich im Geiste
eine Notiz bezüglich seiner Idee, die gar nicht mal
so abwegig zu sein scheint. Trotzdem fand sie es
passend, dem Jungen aufzuzeigen, dass man in
einer Ermittlung sämtliche Konsequenzen beden-
ken muss. Das hat ihr Tobias Heller beigebracht, der
von Anfang an ihr Vorbild war.

* * *

Das Navigationsgerät des Audi führt die Kommissare unter Umgehung des Ortskerns zielsicher
zum Dienstgebäude der Kriminalinspektion Trier.
Sehr zum Verdruss von Denise, die sich gerne die
berühmte Porta Nigra angeschaut hätte, aber die
liegt im Ortskern und über fünfhundert Meter vom
Gebäude der Kripo entfernt. Da dieses in unmittelbarer Nachbarschaft zum Hauptbahnhof liegt,
wäre es auch ohne technische Unterstützung nicht
sonderlich schwierig gewesen, ans Ziel zu gelangen.
Man hätte nur den Schienen zu folgen brauchen.

Die L141, wo vor Jahresfrist auf einem Parkplatz
eine Frauenleiche gefunden wurde, verläuft über-
wiegend parallel zur A1 und Tobias war mehr als
einmal versucht, eine frühere Ausfahrt zu nehmen
und dort entlang zu fahren, um sich die Straßenführung anzuschauen. Aber abgesehen davon, dass
sie ohnehin vorhaben, sich den Fundort zeigen zu
lassen, ist ja auf dem Heimweg hoffentlich genügend Zeit und Gelegenheit dazu.

Der sechsstöckige Bau, in dem alle Kommissariate für diesen Bezirk untergebracht sind, ist nicht

unbedingt ein Neubau und schmucklos, wie die meisten Gebäude dieser Art. Kriminalhauptkommissar Erwin Braun, der an der leider bislang erfolglosen Aufklärung des Falles maßgeblich beteiligt war, erwartet sie um 11:00 Uhr in Zimmer 315. Tobias schaut auf die Uhr: Jetzt ist es genau 10:56 Uhr. Perfekt! In bester Laune stellt er den Wagen auf dem geräumigen Parkplatz ab.

Keine fünf Minuten später stehen Denise und Tobias im Aufzug, nachdem sie sich am Empfangstresen im Foyer ordnungsgemäß ausgewiesen haben und der diensthabende Wachmann sie bei Hauptkommissar Braun telefonisch ankündigte. Außer Heller und Malowski fahren sieben weitere Personen mit nach oben, wobei, wie sollte es anders sein, alle verfügbaren Knöpfe gedrückt wurden. Endlich öffnet sich die Fahrstuhltür in der dritten Etage und die Kommissare verlassen erleichtert die geräumige Kabine.

* * *

Kriminalhauptkommissar Braun erinnert ein wenig an den Leiter des eigenen Kommissariats. Ebenso wie Donner ist er kaum größer als 1,70 Meter und ein wenig korpulent. Ein schütterer, leicht angegrauter Haarkranz krönt sein Haupt über einem freundlichen Gesicht. Nach Tobias' Schätzung hat der Polizist die fünfzig deutlich überschritten, strahlt aber eine fast ansteckend wirkende Vitalität aus.

»Ah, die Kollegen aus Nordrhein-Westfalen!«, ruft er aus und tritt den Eintretenden begeistert entgegen. »Und pünktlich auf die Minute!« Galant reicht er zunächst Denise Malowski die Hand, und danach Tobias Heller.

»Das muss ja immens wichtig sein, dass gleich zwei Hauptkommissare den weiten Weg in Kauf nehmen, bloß, um hier mal in unsere Akten zu schauen!«, witzelt der Trierer Kollege, nachdem sie an einem kleinen Konferenztisch Platz genommen haben. Eine Thermoskanne mit frisch aufgebrühtem Kaffee steht nebst Tassen, Milch und Zucker bereit. »Bedient euch!«, lädt Braun sie ein. »Hauptkommissar Stein lässt sich entschuldigen, er hat einen wichtigen Termin. Aber ich denke, wir kommen ohne ihn klar.« Vor ihm liegt ein dünner Hefter, den er jetzt zur Hand nimmt. »Das ist eine Kopie der Fallakte«, erklärt er. »Ich gehe doch recht in der Annahme, dass ihr die haben wolltet?«

›Der Mann ist zu gebrauchen‹, denkt Tobias, nachdem er sich, ebenso wie Denise, eine Tasse Kaffee eingeschenkt hat. Laut sagt er: »Ich bin überzeugt, unser Besuch ist für euch ebenfalls nicht unbedeutend. Schließlich sind die DNA-Spuren, die an einer bei uns am Montag gefundenen Leiche sichergestellt wurden, mit der in eurem Fall identisch. Wir haben es demnach mit demselben Täter zu tun. Und da ich mir Fund- und Tatorte gerne persönlich anschaue, sind wir jetzt hier.«

Auf Brauns Gesicht erscheint ein jungenhaftes Grinsen. »Du würdest dich garantiert mit meinem abwesenden Kollegen Stein bestens verstehen. Der kann ebenfalls stundenlang an einem Tatort stehen und grübeln. Ich bin da eher einer, der sich an die Fakten hält.«

»Und die da wären?«, bringt sich Denise Malowski in das Gespräch ein.

»Vor etwa einem Jahr, am 24. Juli 2017, wurde in den Morgenstunden auf einem abgelegenen Parkplatz an der L141 eine weibliche Leiche gefunden«, setzt Braun seine Gäste in Kenntnis. »Wir schauen uns die Stelle nachher gemeinsam an, sie ist nicht weit von hier entfernt. Weniger als fünfzehn Kilometer. Die junge Frau - die Rechtsmedizin hat ein Alter von vierundzwanzig bis sechsundzwanzig Jahren festgelegt - war, nur mit Slip und Unterhemd bekleidet, im Unterholz eines kleinen Wäldchens abgelegt worden. Sie wurde vergewaltigt, misshandelt und schließlich erwürgt.«

Denise Malowski nimmt die kurze Pause, die Braun einlegt, um seine aufwallenden Gefühle unter Kontrolle zu bringen, zum Anlass, einige Fotografien vom Fundort *ihrer* Leiche hervorzuholen und sie vor ihm auf dem Tisch auszubreiten. »Sah das in etwa so aus wie auf diesen Bildern?«, fragt sie den sympathischen Kollegen.

»Die Bilder könnten aus unserer Akte herauskopiert worden sein«, bestätigt Erwin Braun, nachdem er einen Blick darauf geworfen hat. Er reicht ihr die Dokumentenmappe. »Überzeugt euch selbst!«

»Und ihr habt die Identität des Opfers nicht herausgefunden?«, vergewissert sich Tobias Heller, nachdem auch er die Akte durchgesehen hat. »Es ist immer schwierig, über völlig unbekannte Personen Nachforschungen anzustellen. Wir haben aber Grund zur Annahme, dass *unsere* Leiche, ihr Name lautet Simone Wichmann, als Prostituierte unterwegs war. Und sie war im gleichen Alter wie die hier.« Er klopft auf die Fallakte.

»Eine Prostituierte ...«, wiederholt Braun nachdenklich. »Die werden selten vermisst. Und eine Vermisstenanzeige lag für die Frau ja nicht vor. Bis heute nicht.«

»Da wir es, wie bereits gesagt, mit demselben Täter zu tun haben«, erinnert Malowski ihn, »sollten wir uns über eines im Klaren sein: Der Mann mordet jetzt, ein ganzes Jahr später, hundertsechzig Kilometer nördlich von hier weiter. Wer weiß, was er in der Zwischenzeit angestellt hat!«

»Du meinst ...?« Erwin Braun ist merklich blass um die Nase geworden.

»Es ist nicht auszuschließen«, bestätigt sie ihm ihre düsteren Überlegungen.

»Dann lasst uns jetzt zum Fundort fahren«, schlägt Braun mit belegter Stimme vor. »Sagte ich, dass die Frau dort nicht getötet wurde, sondern an einem unbekannten Ort?«

»Steht hier drin«, bestätigt Heller ihm, der diese Information beim Überfliegen der wenigen Dokumente in der Fallakte wie nebenbei aufnahm. »Und genau wie in unserem Fall deutet alles darauf hin, dass der Täter sie vorher einige Tage in seiner Gewalt hatte. Ich habe so ein dummes Gefühl, dass uns die Zeit davonläuft. Fahren wir!«

* * *

Auf dem größten Teil der Strecke fahren sie exakt in umgekehrter Richtung wie auf dem Hinweg. Aber das war ohnehin klar, da die Landstraße, wo das Opfer gefunden wurde, parallel zur Autobahn verläuft. Erwin Braun, der auf dem Beifahrersitz neben Tobias Heller sitzt, dirigiert ihn mit knappen Anweisungen. Zwischendurch blättert er in der Kopie der Fallakte, die die Besucher aus dem Rheinland ihm mitgebracht haben.

Schon nach drei Kilometern Fahrt auf der A1 bedeutet der Trierer Kollege ihm, die Autobahn wieder zu verlassen, um auf die bewusste Landstraße einzuschwenken. »Wir sind gleich am Ziel«, äußert sich Braun. »Etwa einen Kilometer von hier liegt der Parkplatz.«

Sie befinden sich hinter den letzten Häusern der Ortschaft Schweich, die sie auf der Autobahn umfahren haben. Links der Landstraße erstrecken sich ausgedehnte Felder, rechts begleiten Bäume eines dichten Wäldchens die Straßenführung. Tobias Heller befällt sofort ein heftiges Déjà-vu angesichts dieser Landschaft. So abgelegen, wie der Ort ist, obwohl die nächste Bebauung, ähnlich wie in ihrem eigenen Fall, nur einige hundert Meter entfernt ist, scheint es, dass der Täter Wert darauf legt, seine Opfer so zu entsorgen, dass sie nicht gleich gefunden werden. Höchstwahrscheinlich im Schutze der Nacht.

»Fahr hier rechts rein!«, holt Braun ihn aus seinen Überlegungen. Offenbar sind sie am Ziel: Weniger ein Parkplatz im herkömmlichen Sinne als eine einzelne Fahrspur, die in einem spitzen Winkel von der Straße wegführt, um etwa hundert Meter weiter in einem Bogen wieder zu ihr zurückzukehren. Ein Platz zum Ausruhen, wie man ihn an Landstraßen oft findet. Tobias Heller setzt den Blinker.

* * *

Wenig später stehen die Kommissare an der Fundstelle. »Hier also hat die Leiche gelegen«, konstatiert Denise Malowski. »Mehr als zwanzig Meter tief im Unterholz. Weshalb macht sich jemand die Mühe, einen Körper so weit zu tragen oder meinetwegen auch zu ziehen? Bei der Toten an der Talsperre waren es auch an die dreißig Meter«, informiert sie Braun.

»Reifenspuren gab es hier wohl keine?«, fragt Tobias Heller. In der Fallakte, die er aber nur überflogen hatte, war ihm diesbezüglich nichts aufgefallen.

»Nein. Damals hatte es hier seit Wochen nicht geregnet«, erinnert sich der Hauptkommissar. »Alles war knochentrocken. Keine Spuren.«

»Schade! Es wäre interessant, zu wissen, ob die Leiche mit demselben Fahrzeug transportiert wurde. Und gesehen hat auch niemand was, nehme ich an?«

»Wir wissen nicht einmal genau, wie lange die Tote dort lag, Tobias. Laut Rechtsmedizin war der Tod etwa zehn bis zwölf Stunden zuvor eingetreten. Da, wie gesagt, alles darauf hindeutete, dass sie anderswo getötet, und die Leiche am Vormittag von einem Passanten gefunden wurde, wird sie wohl, wie in eurem Fall auch, in der Nacht dort abgelegt worden sein. Nach Mitternacht ist hier kaum Verkehr. Da hat niemand etwas gesehen, fürchte ich. Nicht umsonst ist dieser Fall bislang unaufgeklärt!«

»Wir halten euch auf dem Laufenden«, verspricht Heller ihm zum Abschluss. »Wir kriegen den Mistkerl!«

Sechs

»Habt wenigstens ihr neue Erkenntnisse von eurem Ausflug nach Trier mitgebracht?«, fragt Donner hoffnungsvoll bei Denise Malowski und Tobias Heller an, da am Freitag keiner seiner im Kommissariat verbliebenen Ermittler mit tiefschürfenden neuen Erkenntnissen aufwarten konnte. Die einzige, potenziell vielversprechende Spur wäre die lebensgefährlich verletzte Freundin des Mordopfers. Die liegt aber in einem Heilschlaf auf der Intensivstation und kann daher zurzeit nicht befragt werden.

»Wie man es nimmt, Chef«, beginnt Denise Malowski mit dem Bericht. »Viel haben die Trierer Kollegen damals nicht herausgefunden, aber das wenige an Fakten haben sie uns als Kopie der Fallakte mitgegeben.« Sie hält das besagte Dokument hoch. »Wir fügen sie als Anlage unserer eigenen Ermittlungsakte bei. Interessant dürfte für uns sein, dass der Täter damals im Gegensatz zu jetzt offenbar Handschuhe trug, als er die Frau erwürgte. Die Rechtsmedizin fand aber ein Schamhaar von ihm an der Leiche, und das reichte für eine DNA-Analyse.«

»Bezogen auf unseren Fall könnte das bedeuten, dass der Mörder während der Tat einem großen emotionalen Druck ausgesetzt war, es zu diesem Zeitpunkt sogar eine Spontanhandlung gewesen sein könnte«, fährt Tobias Heller fort. Er belegte vor seiner Zeit bei der Kriminalpolizei einige Semester Kriminalpsychologie an der Uni Bonn, was ihm eine gewisse Einschätzung erlaubt, obwohl er kein ausgebildeter Fallanalytiker ist. »Frau Doktor de Luca erwähnte während der Leichenschau etwas Ähnliches. Es gibt aber mehrere markante Übereinstimmungen. Beide Frauen wurden auf dieselbe Weise getötet, waren in etwa im selben Alter und hatten lange, blonde Haare. Aufgrund der Tatsache, dass für das Opfer aus Trier niemals eine Vermisstenanzeige aufgegeben wurde, liegt der Verdacht nahe, dass es sich in ihrem Fall ebenfalls um eine Prostituierte gehandelt hat. Es könnte ein Hinweis darauf sein, dass unser Mörder einen speziellen Typ Frau bevorzugt. Wobei dies bei den zwei uns bekannten Opfern eher eine Spekulation ist.«

»Wir hoffen alle, dass es dabei bleibt, Tobias!«, wirft der Kommissariatsleiter mit ernster Miene ein. »Nicht auszudenken, wenn der Kerl seinen Weg mit Leichen pflastert ...«

»Apropos Weg, Chef!«, ergreift Denise wieder das Wort. »Bis auf die Tatsache, dass keine Talsperre in der Nähe ist, erinnert die Stelle, wo man die Trierer Leiche fand, auffällig an unseren Fundort. Eine einsame Landstraße mit einem Wäldchen, wobei die letzte Wohnbebauung hunderte Meter entfernt ist. Der einsame Rastplatz liegt direkt an der Baumgrenze und das Opfer wurde ein ziemliches Stück weit ins Unterholz hinein verfrachtet.«

»Wenn der Mörder dafür nicht extra die Autobahn verließ, könnte das bedeuten, dass er sich seiner Opfer auf dem Weg von oder zur Arbeit entledigte«, ergänzt Heller. »Er könnte also in der Nähe irgendwo wohnen.«

»Du vergisst, dass Trier je nach Fahrstrecke zwischen hundertsechzig und hundertachtzig Kilometer von hier entfernt ist«, bemängelt Donner die Logik Hellers. »So weit fährt niemand zur Arbeit!«

»Er könnte zwischenzeitlich umgezogen sein, Chef«, überlegt Kommissarin Ohlsen. »Es liegt schließlich über ein Jahr zwischen den beiden Ereignissen! Außerdem denke ich, es gibt einen triftigen Grund dafür, dass er Simone Wichmann am Bonner Straßenstrich in seine Gewalt brachte und ihre Leiche zwei Tage später und fünfundzwanzig Kilometer davon entfernt deponierte.«

»Und was soll dieser Grund deiner Meinung nach sein?«, erregt sich Donner. »Das ist doch das, was wir seit einer geschlagenen Woche herauszufinden versuchen!«

»Das weiß ich auch nicht, aber wenn wir herausfänden, welchen Weg der Täter zu diesem Zweck genau nahm, kommen wir unter Umständen dahinter. Erik hatte übrigens diesbezüglich eine konkrete Idee«, fügt Ohlsen schnell hinzu, bevor Donner ihr wieder ins Wort fallen kann. »Möchtest du sie vortragen?«, ermuntert sie den neben ihr sitzenden Praktikanten, der vor Verlegenheit eine rosige Gesichtsfarbe bekommt, als sich die Aufmerksamkeit der Anwesenden schlagartig auf ihn konzentriert.

»Erik?«, wendet der Kommissariatsleiter sich an seinen Neffen und ermuntert ihn damit gleichzeitig, zu sprechen. »Nur keine falsche Bescheidenheit, in dieser Runde sind konstruktive Vorschläge jederzeit willkommen!«

»Na, ja ... War nur so'n Gedanke, Chef«, wehrt der junge Mann bescheiden ab. »Ich hatte gedacht, wenn wir das Handy der Frau ... falls sie überhaupt eines hatte ... wenn wir das im Nachhinein orten könnten, wüssten wir, welchen Weg das Auto nahm, nachdem die Frau in die Gewalt des Mörders fiel. Der ›Opferweg‹ sozusagen, von Bonn bis zu der Stelle, wo man sie dann fand! Aber wir haben ihr Handy ja leider nicht. Nicht mal die Telefonnummer.«

»Äh ... ja«, macht Donner und wirkt enttäuscht. Hatte der Chef tatsächlich von einem *Schülerpraktikanten* die Lösung des Falles erwartet? »Das ist wirklich ein guter Gedanke, Junge. Aber wir haben, wie du überaus treffend sagtest, die Telefonnummer nicht. Die weiß eventuell die Freundin, aber die liegt im Koma. Wir warten daher händeringend auf ihr Aufwachen. Das Krankenhaus versprach, uns umgehend Bescheid zu geben, wenn es so weit ist.«

Tobias Heller murmelt nachdenklich etwas vor sich hin, das wie ›Opferweg‹ klingt, ein Wort, das Erik vorhin gebrauchte, als er seine Idee mit der Handyortung vortrug.

»Tobias?«, hakt Donner sofort mit hochgezogenen Augenbrauen nach. Er verfügt über ein ausgezeichnetes Gehör.

»Was?«, schreckt Heller auf. »Ach, nichts weiter. Mir kam da nur eben ein Gedanke ... Das Wort, das Erik benutzte ... Opferweg. Du sagtest vorhin etwas Ähnliches, glaube ich.«

»Sowas habe ich nicht gesagt, dein sprichwörtliches Gedächtnis in allen Ehren, Tobias!«

»Doch, Chef! Das war, als wir von unserer Fahrt nach Trier berichteten ... Jetzt hab ich es: Du sagtest etwas von ›Leichen, die den Weg pflastern‹.«

»Ich vermag dir nicht zu folgen«, gesteht Donner ratlos.

»Ich muss das noch ausarbeiten«, gibt Heller unumwunden zu. »Mein Gedanke war: Sollte unser Mann auf dem Weg von Trier hierher weitere Morde begangen haben, könnten wir die jeweiligen Fundorte der Leichen auf einer Karte eintragen und so den wahren ›Opferweg‹ unseres Täters rekonstruieren! Und wenn wir Glück haben, hat er dabei einen Fehler begangen, der ihn zwar damals nicht überführte, aber vielleicht heute. Falls es uns gelingt, alle Fakten in Einklang zu bringen.«

»Wir müssten uns demnach bei allen in Frage kommenden Kriminalinspektionen nach ungeklärten Mordfällen der letzten zwölf Monate erkundigen«, resümiert der Kommissariatsleiter. »Hast du eine Ahnung, wie viele das sind?«

»Keiner hat gesagt, dass es leicht sein wird, Chef!«

»In Ordnung, dann macht das. Etwas Anderes können wir momentan ohnehin nicht tun.«

In diesem Augenblick meldet sich mit einem Vibrationsgeräusch Denise Malowskis Diensthandy, das sie, auf lautlos gestellt, vor sich auf dem Tisch liegen hat. »Eine Kölner Nummer«, meldet sie nach einem Blick auf das Display. »Könnte das Krankenhaus sein, ich hatte denen meine Telefonnummer genannt. Für den Fall, dass Dorothea Krüger ansprechbar ist!« Unter den aufmerksamen Blicken der Kollegen nimmt sie das Gespräch an.

* * *

Das Sankt Elisabeth Krankenhaus in Köln-Hohenlind liegt nur wenige Fahrminuten von der Aachener Straße entfernt, Denise und Tobias hatten demnach denselben Fahrweg wie am Donnerstag, als sie die schwerst misshandelte Dorothea Krüger zu Hause aufsuchten. Außerdem war die räumliche Nähe des Hospitals und die damit verbundene sofortige Hilfe sicher mit ein Grund dafür, dass die Patientin heute, nur vier Tage danach, ansprechbar und hoffentlich vernehmungsfähig ist.

Auf dem Namensschild auf ihrem Ärztekittel steht ›Dr. med. Juliane Maiwald‹. »Sie sind doch die Polizisten, die Frau Krüger am Donnerstag einlieferten«, begrüßt die Leiterin der Intensivstation Denise Malowski und Tobias Heller freundlich, nachdem sie sich ordnungsgemäß vorgestellt und ausgewiesen haben.

Die Ärztin ist etwas kleiner als Denise und von drahtiger Gestalt. Unter einer modischen Kurzhaarfrisur mustern kluge, aber müde wirkende Augen die Ermittler über den Rand einer Lesebrille hinweg, die sie nach vorn auf die Nase geschoben hat. »Ich darf Ihnen versichern, dass ihr besonnenes Vorgehen der Patientin höchstwahrscheinlich das Leben rettete«, fährt sie in gleichbleibendem Tonfall fort. »Ohne unverzügliche medizinische Versorgung hätte Frau Krüger die nächste Stunde nicht überlebt!«

»Das war eine Selbstverständlichkeit!«, wehrt Denise das Lob bescheiden ab. »Wir sind schließlich dazu da, das Leben unserer Mitmenschen zu schützen, auch wenn mein Kollege und ich normalerweise Todesermittlungen durchführen«, fügt sie lächelnd hinzu. »Ist Frau Krüger denn jetzt vernehmungsfähig? Wir müssten sie dringend zum Tathergang befragen. Unter Umständen steht der Überfall auf sie in Zusammenhang mit einem Mordfall, den wir untersuchen.«

»Sie ist stabil, und daher nach menschlichem Ermessen außer Lebensgefahr«, bestätigt die Ärztin ihr. »Ich möchte Sie aber darum bitten, Ihre Anwesenheit dort drin auf ein Minimum zu beschränken«, zeigt sie auf die Tür zur Intensivstation, vor der sie stehen. »Schon allein wegen der anderen Patienten. Eine Viertelstunde, nicht mehr!«

* * *

»Der Grund, weswegen ich euch hergebeten habe«, eröffnet Christina Ohlsen den Kollegen Horst Weiland und Wolfgang Müller, während sich mit einem leisen Summen die Motorleinwand herabsenkt, »ist die Idee, die Tobias vorhin in der

Besprechung andeutete. Ich habe mir in der Zwischenzeit meine eigenen Gedanken dazu gemacht, und die möchte ich gerne mit euch diskutieren.« Erik, der Praktikant, ist ebenfalls anwesend und macht sich eifrig Notizen, wobei er förmlich an den Lippen der Kommissarin hängt.

Ohlsen öffnet derweil ein Dokument auf dem Computer und auf der Leinwand erscheint, von einem Beamer an der Zimmerdecke projiziert, eine Satellitenansicht aus *Google Maps.* »Dies hier«, beginnt sie ihren Vortrag, »ist der Weg, den Denise und Tobias nahmen, als sie am Freitag nach Trier fuhren.« Mit einem Laserpointer zeichnet sie die farblich markierte Route nach. »Es ist zugleich die vom Routenplaner favorisierte Strecke.«

»Tobias meinte, der Mörder, den wir suchen, könnte zwischen Trier und Siegburg weitere Frauen getötet haben«, erinnert sich Horst Weiland. »Sehe ich das richtig?«

»Ja, das sagte er. Und weil er mit Denise jetzt nach Köln gefahren ist, um die Zeugin Krüger zu befragen, dachte ich, wir nehmen ihm die Feinarbeit zur Untermauerung dieser Theorie schon mal ab. Dazu müssen wir die Kriminalinspektionen telefonisch abklappern, die auf dem Weg hierher liegen oder zuständig sind. Und zwar fragen wir dort nach ungeklärten Mordfällen an jungen Frauen in den letzten zwölf Monaten.«

»Warum nur diese?«, will Wolfgang Müller wissen.

»Na, weil der Mord in Trier solange zurückliegt, denke ich. Auf dem Weg hierher müssten dann doch alle weiteren Morde jünger sein.«

»Und was, wenn der Kerl ein Pendler ist? Dann wäre die Reihenfolge unter Umständen beliebig«, bemängelt Weiland die Logik der Kollegin. »Zudem wissen wir ja überhaupt nicht, ob Trier der Anfang der Strecke ist, der könnte von sonst wo gekommen sein!«

»Hm. Stimmt«, muss Chrissie zugeben. »Daran hatte ich nicht gedacht. Dann erweitern wir den zeitlichen Rahmen auf, sagen wir, drei Jahre?«

»Okay. Aber was bezweckst du mit den Informationen, so wir denn überhaupt welche erhalten?«, bohrt Weiland nach.

* * *

Die Patientin ist wach und schaut den nähertretenden Kommissaren mit einem fragenden Ausdruck in den Augen entgegen. Die am Donnerstag noch in einem tiefen Blauton schimmernden Hämatome in ihrem Gesicht haben eine bunte Mischung aus Gelb- und Grüntönen angenommen. Ihr Kopf ist bandagiert, die restlichen Verletzungen sind nicht sichtbar, da Dorothea Krüger die Bettdecke trotz der sommerlichen Temperaturen bis zum Hals hochgezogen hat.

»Ich erkenne Sie«, kommt es matt aus ihrem Mund, nachdem Malowski und Heller an ihr Krankenbett getreten sind. »Sie sind von der Polizei, richtig?«

»Hauptkommissarin Malowski, Kripo Siegburg«, beantwortet Denise die Frage, zeigt ihren Dienstausweis und stellt Tobias vor: »Mein Kollege, Hauptkommissar Heller. Wie geht es Ihnen, Frau Krüger?«

»Fragen Sie mich das noch einmal, wenn die mir keine Schmerzmittel mehr verabreichen«, antwortet Krüger und hält ihre rechte Hand hoch, in der eine Infusionsnadel steckt. »Ich hab da wohl einen sehr aufmerksamen Schutzengel gehabt. Wie haben Sie mich überhaupt gefunden?«

»Sie meinen, trotzdem Sie der Polizei einen falschen Namen und eine erfundene Adresse nannten? Wir sind eben gute Ermittler«, lächelt Denise. »Und jetzt sagen Sie uns bitte, wer Ihnen das angetan hat!«

»Erst will ich wissen, was mit Simone ist«, wehrt Dorothea Krüger energisch ab. »Sie wollten mir doch etwas darüber sagen, als Sie bei mir waren …?«

»Ich weiß nicht, ob das in Ihrem Zustand eine so gute Idee …«

»Bitte!« In ihren Augen schwimmen Tränen, als wisse sie schon im Voraus, was die Polizisten ihr sagen werden.

»Also gut«, seufzt Denise Malowski. Es muss ja ohnehin sein, schließlich sind sie ja hier, um eine Aussage über die Geschehnisse von Freitagabend zu erhalten. »Wir haben Ihre Freundin am vergangenen Montag tot in einem Wald nahe der Wahnbachtalsperre gefunden. Sie wurde ermordet«, informiert sie die Patientin, die diese Information erstaunlich gefasst aufnimmt. »Es tut mir aufrichtig leid«, fügt Denise in einem weichen Tonfall hinzu.

»Haben Sie eine Ahnung, wie Ihre Freundin dorthin gelangte?«, unterbricht Tobias Heller die entstandene Stille, was ihm wegen mangelnder Sensibilität einen verweisenden Blick seiner Partnerin einbringt. Er dagegen zuckt nur mit den Schultern. Wir müssen ja vorankommen, heißt das.

»Wahnbachtalsperre? Aber das ist doch ...«, entgegnet Dorothea Krüger verständnislos.

»Das ist mehr als fünfundzwanzig Kilometer von Bonn-Endenich entfernt, das stimmt!«, bestätigt Heller. »Wir würden aber nun langsam gerne wissen, was am Freitagabend *wirklich* passiert ist!«

»Wir wissen von Ihrer kleinen ›Nebentätigkeit‹«, ermuntert Denise sie freundlich, als eisernes Schweigen die einzige Antwort auf das Drängen des Partners ist. »Sie können daher offen darüber sprechen. Es ist doch sicherlich auch in Ihrem Sinne, wenn der Mörder Ihrer Freundin gefasst wird. Also?«

Dorothea Krüger sieht sie einige Sekunden nachdenklich an und fasst dann einen Entschluss. »Sie haben recht, Frau Kommissarin. Ich werde Ihnen alles sagen, was ich weiß.« Stockend und immer wieder kleine Pausen einlegend, die der Erschöpfung geschuldet sind, beginnt sie zu erzählen.

* * *

»Unaufgeklärte Verbrechen«, zitiert Ohlsen, »sind es vor allem deswegen, weil nicht genügend Indizien vorhanden waren und nicht, weil die ermittelnde Behörde unfähig war! Aber wenn wir alle Informationen aus allen Morden zusammentragen, ergibt sich hoffentlich ein klareres Bild. Eines, das sich den jeweiligen Ermittlern aufgrund ihrer eingeschränkten Sicht nicht bot!«

»Okay, habe ich begriffen«, meint Horst Weiland dazu. »Dann lasst uns jetzt die Kriminalämter festlegen, die wir dazu befragen wollen!«

Auf Knopfdruck wechselt die Darstellung auf der Leinwand. Um die direkte Route zwischen Trier und Siegburg legt sich ein Rahmen. »Ich habe hierzu das Gebiet auf jeweils fünfzig Kilometer links und rechts der Strecke erweitert«, kommentiert die Kommissarin das Bild. Während ihrer Worte legen sich weiße Kreise um mehrere Städtenamen in dem markierten Bereich. »Zuständig sind innerhalb dieses Gebietes die Kriminalinspektionen von Wittlich, Cochem, Daun, Mayen, Koblenz, Neuwied, Bad Neuenahr-Ahrweiler und Bonn«, zählt sie auf. »Jeweils von Süden nach Norden.«

»Dann sollten wir keine Zeit mehr mit unnützen Diskussionen vergeuden«, meldet sich Wolfgang Müller zu Wort und stemmt seinen massigen Körper in die Höhe. »Lasst uns anfangen, Leute!«, imitiert er unter dem Gelächter der Kollegen den Tonfall von Kommissariatsleiter Peter Donner.

* * *

»Und mit dem Fahrzeug sind Sie sich hundertprozentig sicher?«, vergewissert sich Tobias Heller bei der Zeugin, nachdem sie ihren Bericht beendet hat.

»Ja, Herr Kommissar. Da ist kein Irrtum möglich.«

»Das Nummernschild haben Sie wirklich nicht erkennen können?«, hakt Denise Malowski nach. »Denken Sie nach, Frau Krüger. Manchmal nimmt man etwas Alltägliches wie ganz nebenher zur Kenntnis!«

Dorothea Krüger schüttelt nachdrücklich den Kopf. »Wir standen nebeneinander am Straßenrand, als das Fahrzeug vorfuhr. Wir sahen es daher nur von der Seite und meine Freundin ist sofort eingestiegen.«

»Und als der Wagen dann losfuhr?«, lässt die Hauptkommissarin nicht locker.

»Ich habe nicht drauf geachtet«, schluchzt die Zeugin. »Ich konnte doch nicht ahnen, dass ich Simi nie wiedersehen würde!« Dann hellt sich ihre Trauermiene auf. »Aber ich habe das Gesicht des Fahrers kurz gesehen!«, sagt sie hastig. »Mindestens fünfzig Jahre alt, von kräftiger Statur, Glatze. Hilft Ihnen das weiter?«

»Würden Sie den Mann denn wiedererkennen?«

»Weiß nicht ... vielleicht. Käme auf einen Versuch an.«

»Wir kommen eventuell darauf zurück«, beendet Denise das Thema. »Unterhalten wir uns jetzt über Ihre Verletzungen. Können Sie uns sagen, wer Ihnen das angetan hat?«

Dorothea Krüger schlägt die Augen nieder. »Ich möchte keine Anzeige erstatten«, eröffnet sie den Kommissaren mit leiser Stimme.

»Schwere Körperverletzung ist kein Antragsdelikt«, bescheidet Tobias Heller der Frau. »Bei einer dermaßen schwerwiegenden Straftat *müssen* wir ermitteln, sobald wir davon Kenntnis erlangen, was hier der Fall ist.«

»Außerdem wäre es möglich, dass der Überfall auf Sie mit dem Tod Ihrer Freundin zusammenhängt«, beschwört Denise Malowski sie. »Es könnte Sie jemand ausschalten wollen, weil Sie den Täter gesehen haben, dann befänden Sie sich weiterhin in allergrößter Gefahr!«

Dorothea Krüger brütet eine Weile still vor sich hin. »In Ordnung«, fasst sie endlich einen Entschluss. »Ich sage Ihnen, was Sie wissen wollen.« Stockend und wieder von vielen Pausen unterbrochen, berichtet sie den Ermittlern von dem Abend vor dem Tag, an dem diese sie verletzt in der Wohnung antrafen. Mittwochabend.

»Den Namen kenne ich allerdings nicht«, beendet sie den Bericht. »Es handelt sich aber ganz sicher um einen der Zuhälter der Mädchen, die dort am Straßenstrich in Bonn-Endenich arbeiten. Ein großer, brutal aussehender Kerl mit 'ner Hakennase. Hat ein Tattoo in Form eines Engels mit Dämonenfratze auf dem rechten Arm. Und die langen, schwarzen Haare hat er zu einem Zopf gebunden.«

Denise Malowski und Tobias Heller schauen sich entgeistert an. *Gonzo!* Dieser Widerling ist ihnen beileibe kein Unbekannter! »Ach, eines noch, Frau Krüger!«, erinnert sich Denise aber an eine weitere wichtige Frage, nachdem sie ihre Verblüffung verdaut hat. »Besaß Ihre Freundin ein Mobiltelefon?«

»Ein Handy? Ja, natürlich. Sie hat aber meist nur per SMS oder WhatsApp damit kommuniziert, weil Sie diese Probleme mit dem Hören hatte.«

»Dann würde ich Sie bitten, uns die Telefonnummer zu nennen. Und den Provider, falls Sie ihn kennen.«

»Die Patientin benötigt jetzt Ruhe«, ertönt in diesem Augenblick die resolute Stimme der Stationsärztin hinter ihnen. »Ich muss Sie bitten, zu gehen!«

SIEBEN

Dienstag, 4. September, 10:02 Uhr

»Die Zeugin Krüger war ansprechbar und in vollem Umfang ›geständig‹, was den Abend des 24. August betrifft, Chef«, eröffnet Tobias Heller seinen Bericht über den gestrigen Besuch im Sankt Elisabeth Krankenhaus. »Demnach stellt sich der Ablauf an diesem Freitagabend wie folgt dar: Dorothea Krüger und Simone Wichmann fanden sich gegen 20:00 Uhr, wie immer an den Wochenenden, auf ihrem Stammplatz vor dem Firmengelände an der Immenburgstraße 20 ein.«

»War das nicht die Adresse, die die Zeugin der Polizei als ihre Wohnanschrift verkaufte?«, wirft Donner ein.

»Doch, Chef. Offenbar standen die beiden immer dort. Der Platz war eben noch frei, sozusagen. Gegen 20:30 Uhr wurden sie von einer der ›Professionellen‹ gewarnt, dass ihr ›Beschützer‹ dort herumschleicht und nicht unbedingt erfreut sei, wenn man in seinem Revier wildert. Doro und Simi, wie die beiden sich dort nannten, verzogen sich dann schleunigst durch die Autobahnunterführung rüber zum Telekomgebäude, wie wir es schon vermuteten.«

»Etwa eine Stunde später, um 21:20 Uhr - die Zeugin Krüger hatte zufällig kurz vorher auf die Uhr geschaut - hielt ein Wagen vor ihnen am Straßenrand«, übernimmt Denise Malowski wie selbstverständlich. Und das ist es auch: In den Jahren ihrer beruflichen Partnerschaft gewöhnten sie es sich früh an, Berichte im ständigen Wechsel vorzutragen, was unter anderem ein Grund für die Kollegen sein mag, in ihnen eine unauflösbare Einheit zu sehen.

Niemand macht sich darüber Gedanken, es ist wie das Ticken einer Wanduhr, das man erst wahrnimmt, wenn man es eben nicht mehr hört. Sollten Denise und Tobias eines Tages ihre Gewohnheit ändern, fiele es allen sofort auf und man würde sich sehr wundern. Ein abgehalfterter Privatschnüffler, mit dem sie es vor Jahren zu tun bekamen, prägte in einer Vernehmung einmal den absolut zutreffenden Begriff ›Dynamisches Duo‹, der anschließend über dunkle Kanäle die Runde machte und seither gelegentlich in gutmütigem Spott von den Kollegen anderer Kommissariate verwendet wird. Und es passt ja auch.

»Dorothea Krüger konnte zwar das Kennzeichen nicht sehen«, fährt Denise fort. »Dafür war sie in der Lage, eine genaue Beschreibung des Fahrzeugs abzugeben, in das ihre Freundin einstieg. Tobias und ich haben heute Morgen entsprechend recherchiert, es dürfte sich mit ziemlicher Sicherheit um ein Wohnmobil mit der Typenbezeichnung ›Rondo‹ des Fahrzeugherstellers Mercedes Benz handeln. Dieses kleine Reisemobil ist auf der Zelle des ›MB Sprinter‹ desselben Herstellers aufgebaut und entspricht daher in den Maßen einem solchen Fahrzeug, das von vielen Firmen als Lieferwagen verwendet wird. Der auffälligste Unterschied liegt hierbei in den Seitenscheiben des Reisemobils, die der Sprinter nicht hat. Die Farbe war weiß, es könnte sich also durchaus um das Fahrzeug handeln, dessen Reifenspur wir sichergestellt haben. Die laut Katalog verwendete Reifengröße stimmt auf jeden Fall überein!«

»Die Zeugin konnte das Gesicht des Fahrers kurz sehen, als er sich herüberbeugte, um die Tür zu öffnen«, ergänzt Tobias Heller. »Sie würde den Mann eventuell wiedererkennen, sagte sie. Es wird aber noch eine Weile dauern, bis sie gesundheitlich soweit ist, an einer Phantomzeichnung mitzuwirken. In dieser Hinsicht ließ die Chefärztin der Intensivabteilung nicht mit sich reden.«

»Die Gesundheit der Zeugin hat absoluten Vorrang!«, weist Donner den unterschwelligen Vorwurf Hellers zurück. »Und was habt ihr über die schweren Verletzungen herausbekommen, die man ihr zufügte?«

»Sie hatte, nachdem ihre Freundin nicht wieder auftauchte, am Mittwochabend die Idee, selbst Nachforschungen anzustellen und fragte bei den Prostituierten an der Immenburgstraße herum«, gibt Tobias das von Dorothea Krüger gehörte wieder. »Dabei ist sie mit einem der Zuhälter der Mädchen aneinandergeraten, der sie aufforderte, zu verschwinden. Und als sie dem nicht sofort Folge leistete, hat er wohl ein wenig ›nachgeholfen‹. Der Mann ist übrigens kein Unbekannter, es ist nämlich kein geringerer als ›Gonzo‹ Schumann!«

»Was? Den hatten wir doch mindestens ein halbes dutzendmal hier sitzen«, erinnert sich der

Kommissariatsleiter mit gefalteter Stirn. »Und es ging immer um schwere Körperverletzung! Nachzuweisen war ihm aber nie etwas, weil der Schmierlappen jedes Mal ›beweisen‹ konnte, zur Tatzeit anderswo gewesen zu sein.«

»Wir werden ihm gleich im Anschluss einen kleinen Besuch abstatten, Chef«, erklärt Denise. »Er wohnt ja zum Glück in unserem Zuständigkeitsbereich. Es ist zwar nicht sehr wahrscheinlich, dass er mit dem Tod der Simone Wichmann etwas zu tun hat, aber gänzlich auszuschließen ist es nicht.«

»Versucht, ihn zur Abgabe einer Speichelprobe zu ›überreden‹«, stimmt Donner zu. »Zur Sicherheit!«

»Ach, bevor ich es vergesse«, wechselt Tobias Heller das Thema. »Frau Krüger konnte uns sowohl die Handynummer Ihrer Freundin als auch den Provider nennen! Und Simone Wichmann hatte ihr Handy definitiv an dem Abend dabei, sagte sie. Wir haben uns daher in Anlehnung an den Vorschlag unseres Praktikanten an eben diesen Provider gewandt und eine Signalverfolgung seit Freitag, dem 24. August bis zum letzten Auftreten des Handysignals angefordert. Sie haben versprochen, die Angaben bis morgen zu liefern!«

»Das war ein guter Gedanke!«, lobt der Erste Hauptkommissar ihn. »Wir müssen allerdings abwarten, ob er etwas bringt. In der Zwischenzeit verfolgen Chrissie, Wolfgang und Horst einen weiteren deiner genialen Einfälle.«

»*Ich* sollte eine geniale Idee gehabt haben? Und welche von den Unzähligen war das?«, grinst Heller und fängt sich einen herben Rippenstoß von seiner Partnerin dafür ein.

»Der mit dem Opferweg«, informiert Chrissie Ohlsen ihn und Denise. »Du erinnerst dich? Wir drei sind mit Hochdruck dabei, die Kriminalämter zwischen Trier und Siegburg zu kontaktieren. Ergebnisse haben wir aber bisher noch keine.«

* * *

Der 250.000 Euro Ferrari vor dem Haus lässt darauf schließen, dass Schumann höchstwahrscheinlich zu Hause ist. ›Wo sollte er auch sein? Wenn er nicht gerade Leute verprügelt, hat der Kerl doch nichts zu tun. Das Geld schaffen ja seine Mädchen für ihn an‹, überlegt Tobias Heller und stellt den Audi absichtlich so vor die Protzkarre, dass diese dadurch wirksam blockiert ist. Zumindest kann ihr Besitzer nicht losfahren, ohne sich einen Kratzer an seinem Auto einzuhandeln.

Ihre Ankunft blieb wohl nicht unbemerkt, jedenfalls werden sie an der Haustür von zwei finster dreinblickenden Kleiderschränken erwartet, kaum, dass Denise und er das Grundstück betreten haben. Die geübten Augen der Ermittler nehmen auf Anhieb vier auf sie gerichtete Überwachungskameras wahr.

»Wir würden uns gerne ein paar Takte mit eurem Boss unterhalten«, grinst Heller die Bodyguards an, ohne Anstalten zu machen, den Ausweis hervorzuholen. In Anbetracht der unverhohlen zur Schau gestellten Aggressivität und den verdächtigen Ausbeulungen in den Jacketts der Männer erscheint es ihm und seiner Partnerin wenig vorteilhaft, in die Tasche zu greifen.

»Vorstellen müssen wir uns doch sicher nicht, oder?«, ergänzt Malowski daher den vorgetragenen ›Wunsch‹ Hellers mit sarkastischem Unterton. Jeder aus dem Dunstkreis des stadtbekannten Zuhälters war mindestens schon einmal auf dem Revier, leider bislang ohne befriedigendes Ergebnis, man musste sie immer wieder auf freien Fuß setzen. Was für einen Kriminalbeamten schon auf Dauer frustrierend sein kann, vor allem, wenn man genau weiß, dass die Kerle Dreck am Stecken haben.

Ohne einen einzigen Muskel im Gesicht zu verziehen, wendet einer der Leibwächter sich stumm um, eine eindeutige Aufforderung, ihm ins Innere des Hauses zu folgen. Der Andere reiht sich hinter den Kommissaren ein. Auf eine Durchsuchung nach Waffen hat man verzichtet, was aber weniger am eisigen Blick Malowskis gelegen haben mag als an wahrscheinlich eindeutigen Instruktionen ihres Arbeitgebers. Zudem tragen die Besucher ihre Dienstwaffen für jeden sichtbar im Gürtelholster. Schumann ist zwar ein Pavian, aber so dumm, sich mit der Polizei anzulegen, ist er dann doch nicht.

Sie werden in einen wenigstens fünfzig Quadratmeter großen Salon geführt, dessen Einrichtung eher dem Geld als dem Geschmack geschuldet ist. Tobias schätzt, dass er für keines der Einrichtungsgegenstände weniger als ein Jahresgehalt hinblättern müsste, in der Gesamtheit hingegen wirken die wahllos zusammengewürfelten Möbelstücke einfach nur billig. Die beiden Gorillas postieren sich links und rechts der zweiflügligen Tür, nachdem die Kommissare den Raum betreten haben, werden aber mit einer beiläufigen Handbewegung ihres Brötchengebers, der sich in einen überdimensionalen blauen Ledersessel flegelt, hinausgescheucht.

»Du hast deine Schoßhündchen aber gut dressiert, *Gonzo*!«, provoziert Heller den Muskelberg, wobei er den Namen bewusst betont. Heino Schumann ähnelt von der Statur her Oberkommissar Müller, hat aber im Gegensatz zu diesem Oberarme mit einem Umfang von mehr als einem halben Meter. Und den IQ einer Tomate. Den Spitznamen Gonzo, den aber außer Tobias und Denise niemand in seiner Gegenwart auszusprechen wagt, hat er aufgrund einer markanten Hakennase, die an den Schnabel des gleichnamigen Geiers aus der Muppet Show erinnert. Gemeinsam mit einem ausgeprägten ›Pferdegesicht‹ hat sie auf alle Fälle einen hohen Wiedererkennungswert. *Dieser* Mensch hat garantiert keine sieben Doppelgänger.

»Ich mag es nicht, wenn man mich so nennt, Heller!«, kommt es drohend aus der Kehle des Zuhälters. Die Stimme hört sich an wie rollende Kieselsteine.

»Du hast recht ... Dieser Geier ist längst nicht so ein hässlicher Vogel wie du!«, setzt Heller noch einen drauf. »Sag mal, gehen die Geschäfte nicht gut? Das da draußen sieht mir verdächtig nach einem Jahreswagen aus. Konntest dir wohl keinen neuen Ferrari leisten?«

»Du riskierst 'ne reichlich dicke Lippe, Heller!«, grollt Schumann. »Tust so, als hättest du 'n halbes Dutzend Leute bei dir. Ich sehe aber nur 'ne Tusse an deiner Seite!«

Denise Malowski nimmt das Geplänkel innerlich grinsend zur Kenntnis. So läuft das jedes Mal ab, wenn die zwei sich ›unterhalten‹. Es muss was mit überschüssigem Testosteron zu tun haben. Von ihrem Partner weiß sie aber, dass er diese Provokationen gezielt einsetzt, um Schumann zu einer unbedachten Äußerung zu verleiten.

»Du meinst *Hauptkommissarin* Malowski? Oh, sie hat einen schwarzen Gürtel in irgend so einer asiatischen Kampfsportart. Aber was sag ich denn da ... das weißt du ja längst, nicht wahr?«

Es ist ein Bild für die Götter, wie das sonnenstudiogebräunte Gesicht Schumanns schlagartig um zwei Nuancen bleicher wird. Als er sich vor Jahren einer Festnahme widersetzte und Tobias tätlich angriff, setzte Denise dem unter anderem mit einem gezielten Tritt in die Weichteile ein Ende.

»Also gut, was wollt ihr beiden Komiker von mir?«, beendet Schumann nach einigen Sekunden des Schweigens das zu nichts führende und für ihn immer peinlicher werdende Wortgefecht. »Ihr seid doch nicht extra hergekommen, um mich zu beleidigen, oder etwa doch?«

»Okay, Schluss mit lustig!«, geht Malowski dazwischen und nimmt dazu den eisigen Tonfall an, den sie in Verhören immer dann anschlägt, wenn es gilt, den ›bad Cop‹ zu mimen. »Sie wollen wissen, weswegen wir heute hier sind? Kennen Sie eine Doro vom Endenicher Straßenstrich?«

»Endenich? Fällt das neuerdings in die Zuständigkeit der Siegburger Polizei?«, wölbt Schumann die Brauen. »Hab ich da irgendwas verpasst?«

»Endenich nicht, aber Neunkirchen-Seelscheid«, korrigiert Heller ihn. »Und dort, besser gesagt, an der Talsperre, fanden wir eine Leiche. Und du wirst es nicht glauben: Es handelt sich um eine gute Freundin besagter Doro!«

»Und die wurde vergangenen Mittwoch von einem Kerl halbtot geprügelt, der eine frappierende Ähnlichkeit mit Ihnen hat, Herr Schumann!«, belehrt Malowski ihn. »Sie konnte den Angreifer sehr präzise beschreiben!«

»Was meinst du, Gonzo«, ätzt Heller, »wie viele mit einer solch hässlichen Visage laufen wohl auf dieser Erde noch herum?«

»Was mein Kollege eigentlich sagen wollte, ist: Wo waren Sie am 24. August von 22:00 Uhr bis Mitternacht? Und wo wir schon dabei sind: Haben Sie für die Zeit zwischen 20:00 Uhr und 21:00 Uhr am 29. August ein Alibi?« Denise Malowski fixiert Schumann mit zusammengekniffenen Augen. »Das war die Zeit, in der die Frau, die sich Doro nennt, überfallen wurde!« Die Kommissare nennen dem Mann absichtlich nicht den vollen Namen der Frau, um diese vor möglichen Repressalien zu schützen.

»Ich muss in meinem Terminkalender nach-schauen, Frau Kommissarin. Ich bin mir aber sicher, dass ich für jede dieser Zeiten jemand auf-treiben werde, der mir bestätigt, woanders gewesen zu sein.« Schumann lehnt sich siegessicher in sei-nem Sessel zurück.

»Oh, davon bin ich sogar überzeugt!«, nickt Malowski. »Dann haben Sie doch garantiert nichts gegen eine Speichelprobe einzuwenden.«

»Kein Problem, immer her mit dem Wattestäb-chen!«, gibt Heino Schumann beinahe fröhlich zurück. Offenbar ist er davon überzeugt, man könne ihm nichts anhaben. Aus welchem Grund auch immer.

Tobias Heller nimmt die Speichelprobe eigen-händig vor. »Du hörst von uns«, verspricht er dem Galgenvogel zum Abschied. »In der Zwischenzeit darfst du dich auf Post von der Staatsanwaltschaft freuen. Es gibt nämlich eine Anzeige wegen schwe-rer Körperverletzung, darauf stehen mindestens zwei Jahre. Na, wie gefällt dir das?«

ACHT

Mittwoch, 5. September, 10:00 Uhr

»Wo ist die andere Hälfte von euch?«, wundert sich Donner, an Denise Malowski gewandt, die ihren Platz neben dem leeren Stuhl einnimmt, auf dem normalerweise ihr Partner sitzt.

»Tobias kommt in ein paar Minuten nach, Chef«, gibt sie zurück. »Er wartet noch auf einige Ausdrucke. Und du willst gar nicht wissen, in welcher Form er sich über altersschwache Hardware und Drucker aus der Steinzeit äußerte!« ›Und über knauserige Kommissariatsleiter‹, fügt sie in Gedanken hinzu.

»Ich weiß gar nicht, was ihr immer alle wollt!«, ereifert Donner sich. »Der Drucker tut es doch noch! Und bei aller Liebe: Nichts kann dermaßen dringend sein, dass es auf ein paar Sekunden ankommt!«

»Chef, der stand da schon, als ich hier anfing!«, ertönt in diesem Moment die Stimme des Vermissten von der Tür her. Heller hält einige bedruckte Seiten in der Hand. »Und bei Tausend Ausdrucken am Tag läppern sich die paar Sekunden ganz schön zusammen!«

»Du hast in deinem ganzen Leben keine Tausend Ausdrucke gemacht!«, behauptet der Kommissariatsleiter. »Einen neuen Drucker gibt es erst, wenn der Alte kaputt ist!« Er kneift die Augen zusammen.

»Und komm mir ja nicht auf krumme Gedanken! Wenn das Teil in den nächsten Tagen ›zufällig‹ den Geist aufgeben sollte, werde ich die Interne Ermittlung einschalten«, droht er scherzhaft.

»Schade, mir fielen da auf Anhieb einige Möglichkeiten der ›Sterbehilfe‹ ein«, beendet Tobias gut gelaunt den ohnehin nicht ernstgemeinten Disput. Bevor er sich auf seinen Platz setzt, heftet er ein Blatt im DIN A3 Format an die Tafel. Es zeigt eines der bei Tobias Heller so beliebten Kartenausschnitte aus *Google Maps*.

»Den hättest du uns doch auf der Leinwand zeigen können«, beschwert sich Donner. »Das machst du doch so gerne!«

»Das wird heute nicht notwendig sein. Hier zunächst der eigentliche Grund für meine Verspätung!« Er hält die in seiner Hand verbliebenen Seiten hoch. »Das ist eine komplette Auswertung der Sendemasten, in denen das Handy von Simone Wichmann seit Freitagabend eingebucht war. Wie ihr seht, sind das eine ganze Menge und ich habe die Listen erst vor einer Stunde erhalten. Das Warten hat sich aber gelohnt, denke ich.«

»Die Spannung steigt ins Unermessliche!«, spottet sein Vorgesetzter. »Dann mal los!«

»Zunächst ein Hinweis«, beginnt Heller übergangslos. »In Ballungsgebieten stehen Funkzellen relativ dicht beieinander. Ein modernes Handy ist daher dort meist in zwei oder mehr Zellen bekannt, bucht sich aber nur in der mit der höchsten Signalstärke ein. Dadurch ist eine sogenannte Triangulation möglich, eine Dreieckspeilung, in deren Schnittpunkt das gesuchte Mobiltelefon auf wenige Meter Genauigkeit verortet werden kann. Dies ist aber später nicht mehr der Fall, da das Handy aus bewohnten Gebieten herausbewegt wurde.«

»Okay, das haben wir, glaube ich, alle begriffen.«

»Von etwa 20:00 Uhr bis exakt 21:20 Uhr am 24. August«, fährt Heller unbeirrt fort, »wurde das Handy nur um wenige Meter bewegt. Wie wir von der Zeugin Krüger erfahren haben, standen die beiden Damen während dieser Zeit erst an der Immenburgstraße und später am Telekomgebäude. Um 21:20 Uhr setzte sich das Mobiltelefon in Bewegung und buchte sich im Minutentakt in immer andere Funkzellen ein. Aus den Signalen ergibt sich ein eindeutiges Bild: Das Handy wurde mit fünfzig bis sechzig Kilometern pro Stunde in einem Fahrzeug, und zwar auf der B56, in unsere Richtung bewegt. Der Wagen muss aber einmal kurz angehalten haben, denn in der Zeit zwischen 21:24 Uhr und 21:28 Uhr gab es einen Stillstand. Ich vermute, das war der Zeitpunkt, zu dem Simone Wichmann überwältigt und wahrscheinlich auch betäubt wurde. Das würde erklären, weshalb sie sich widerspruchslos aus Bonn herausfahren ließ.«

Spätestens an dieser Stelle erlangt Hellers Vortrag die Aufmerksamkeit, die er verdient hat: »Das bedeutet dann, wir hatten recht mit unserer Vermutung und Simone Wichmanns Mörder fuhr mit seinem Opfer direkt zur Talsperre und tötete sie dort?«, schlussfolgert Donner. »Das würde dann ja bedeuten, dass er sie irgendwo dort in der Gegend zwei Tage gefangen hielt, bevor ...«

»So einfach ist es leider nicht, Chef«, bremst Tobias die Begeisterung Donners. »Wie ich bereits eingangs sagte, wurde das Handy aus bewohnten Gebieten herausbewegt, wo eine eindeutige Peilung nicht mehr gegeben ist. Vorher geschah aber etwas anderes: Gleich hinter Sankt Augustin verließ der Fahrer die Bundesstraße und fuhr direkt durch Siegburg weiter Richtung Norden. Somit ist er sogar hier in der Nähe vorbeigefahren, um auf die Zeithstraße zu gelangen.«

»Hm. Das wird er gemacht haben, weil die B56 an dieser Stelle nach Westen schwenkt und erst später wieder in einem Bogen in die ursprüngliche Richtung führt. Er wollte keinen Umweg machen«, vermutet Horst Weiland. »Er hatte es also vermutlich eilig, und der Weg über die Zeithstraße ist erwiesenermaßen wesentlich kürzer. Und wie ging es dann weiter?«

»Das denke ich auch«, stimmt Tobias Heller ihm zu. »Wir haben nämlich eine eindeutige Peilung, dass der Wagen kurze Zeit später wieder auf die B56 einbog. Da es außer dieser Straße dort nichts weiter gibt, ist dies praktisch bewiesen, auch wenn wir ab jetzt einen Unsicherheitsfaktor von etwa hundert Metern haben, weil die Funkzellen dort viel weiter auseinander liegen. Bis zu diesem Zeitpunkt machte der Wagen mit dem Handy an Bord nicht ein einziges Mal halt.«

»Was sich aber schlagartig änderte«, vermutet Donner, der Hellers Vorliebe für theatralische Auftritte nur zu gut kennt. »Habe ich recht?«

»Stimmt. Ich habe das in Frage kommende Gebiet auf der Karte eingekreist«, bestätigt Heller ihm und den Kollegen und zeigt mit der linken Hand an die Magnettafel. »Es umfasst einen Bereich von etwa zweihundert Metern Durchmesser. Das Signal blieb von genau 22:07 Uhr am Freitagabend an statisch und hat sich danach nicht mehr bewegt, bis es am Dienstag um 13:47 Uhr schlagartig verschwand. Vermutlich, weil der Akku leer war«, schließt er seinen äußerst aufschlussreichen Vortrag ab. »Die Eigentümerin des Telefons lag ja seit der Nacht von Sonntag auf Montag dort, wo wir sie dann fanden. An der Wahnbachtalsperre, mehr als fünf Kilometer entfernt von dieser Stelle!«

»Was mag dort sein?«, überlegt Donner, nachdem er sich den Ausdruck genau angeschaut hat. »Da ist nichts als Wald, der zu Lohmar gehört, wenn ich mich nicht irre. Ob er in der Nähe ein Versteck hat?«

»Auf jeden Fall schränkt diese neue Information den Suchradius nach einem solchen Ort erheblich ein«, stellt Wolfgang Müller unter beifälligem Gemurmel seiner Kollegen fest. »Aber wir werden ihn nicht finden, wenn wir hier herumsitzen! Worauf warten wir also noch?«

»Du hast recht. Ich will nur vorher noch schnell Hauptkommissar Heimann über unsere Ermittlungsergebnisse in Kenntnis setzen und ihn bitten, mit uns dorthin zu fahren«, stimmt Donner Müllers

Vorschlag zu. »Seine Cassy kennt die Witterung des Mordopfers ja bekanntlich schon. Unter Umständen kann das Tier uns bei der Suche nützlich sein.«

Er schaut seinen Ermittlern der Reihe nach ernst ins Gesicht. »Ich glaube nämlich nicht daran, dass Schumann unser Mann ist. Was hätte der für einen Grund gehabt, die Frau in Trier zu töten? Und deswegen bleibt ihr drei auch gleich hier im Kommissariat«, instruiert er Ohlsen, Müller und Weiland, die daraufhin ein enttäuschtes Gesicht machen. »Ihr kümmert euch weiter um eventuell in das Muster passende unaufgeklärte Morde. Denise und Tobias fahren mit mir und Hauptkommissar Heimann zu der Stelle im Wald. Ich bin gespannt, was es dort zu sehen gibt! Erik hatte zwar den Gedanken mit der Handyortung als Erster und hätte es somit mehr als verdient, mitzukommen, aber es ist nicht auszuschließen, dass wir dort auf den Mörder treffen, daher bleibt er, so leid es mir tut, hier.«

* * *

Ganz so simpel wie von Donner dargestellt, war die Angelegenheit dann doch nicht. Hunde haben zwar ein ausgezeichnetes Gedächtnis für Gerüche und erkennen diese auch nach Jahren wieder, aber man muss ihnen sagen, *welcher* Spur sie konkret folgen sollen.

Tobias folgte aber seinem Instinkt und besorgte sich vor Antritt der Fahrt in der Kriminaltechnik die wenigen Kleidungsstücke, die man bei der Toten fand und die, wie in solchen Fällen üblich, im

Anschluss an die forensische Untersuchung in einen luftdichten Plastikbeutel verpackt und für eventuell später notwendige Analysen konserviert wurden.

Und da Jürgen Vogel darauf bestand, ebenfalls an der Exkursion teilzunehmen, fuhren gleich drei Fahrzeuge zu der von Heller benannten Stelle an der B56: Der VW-Bus der Kriminaltechnik, Heimanns Wagen mit ihm und Spürhund Cassy an Bord, sowie ein Audi aus dem Fuhrpark der Kriminalpolizei mit Donner, Malowski und Heller.

Die Stelle im Wald war indes schnell ausgemacht: An den Koordinaten, von Tobias in das Navigationssystem des Dienstfahrzeugs eingespeist, lud ein etwa vierzig Meter breiter und annähernd ebenso tiefer Bereich, wo der Wald eine Lichtung bildet, förmlich dazu ein, dort anzuhalten, was man dann auch tat. Die drei Fahrzeuge wurden mit eingeschalteten mobilen Blaulichtern am Straßenrand abgestellt, um keine womöglich vorhandenen Spuren zu zerstören.

»Das wird jetzt etwas länger dauern«, erklärt Heimann ihnen das weitere Vorgehen, während er den Beutel mit den Kleidungsstücken des Opfers entgegennimmt. Labrador Retriever Hündin Cassy sitzt neben ihm, die Führungsleine bereits eingehakt, und wartet geduldig auf ihren Einsatz. »Da wir nicht wissen, was und ob wir hier überhaupt etwas finden, muss ich mit dem Hund den ganzen freien Bereich abgehen«, erläutert er den um ihn herumstehenden Ermittlern. »Wenn wir Pech haben, wurde an dieser Stelle nur das Handy entsorgt, dann wird Cassy nichts finden, nicht einmal das Telefon!«

»Ist etwas dagegen einzuwenden, wenn meine Leute in der Zwischenzeit das Gelände erkunden?«, fragt Jürgen Vogel nach. »Es würde eine Menge Zeit sparen.«

Heimann schüttelt den Kopf. »Nein, nur zu! Cassy lässt sich davon nicht stören, das ist sie gewohnt. Achtet aber bitte darauf, ihr nicht im Weg herumzulaufen.«

»Ihr könnt gerne mitkommen«, fordert Vogel die Kommissare auf. »Nach fast zwei Wochen gibt es ohnehin keine Fuß- oder Reifenspuren mehr, die ihr zerstören könntet. Achtet aber auf eure Füße, es wäre ja möglich, dass hier vom Täter etwas verloren wurde. Wenn ihr was findet, meldet ihr euch!« Er gibt seinen Leuten stumm einen Wink und die vier Forensiker verteilen sich auf den Waldrand rund um den freien Platz. Donner, Malowski und Heller folgen ihnen.

* * *

Chrissie Ohlsen stürzt aufgeregt in das Büro der Oberkommissare. »Ich habe …«, ruft sie atemlos, wird aber von Horst Weiland mit einer Handbewegung zum Verstummen gebracht. Jetzt erst nimmt sie den Telefonhörer wahr, den er an sein Ohr hält. Was gleichfalls für Wolfgang Müller gilt, der ebenfalls einem unsichtbaren Gesprächspartner lauscht. Ergeben fügt sich die Kommissarin in ihr Schicksal und folgt den Gesprächen der beiden,

124

obwohl sie es kaum erwarten kann, ihr neues Wissen mit ihnen zu teilen.

»... und ich kann mich darauf verlassen, die Unterlagen spätestens morgen früh per Email zu erhalten?«, hört sie Horst sagen. »Vortrefflich. Und wenn ich noch weitere Fragen habe, kann ich ... ... Perfekt! ... ... Selbstverständlich halten wir euch auf dem Laufenden! Auf Wiederhören.«

Müller legt ebenfalls den Hörer zur Seite und blickt seine Freundin auffordernd an. »Schieß schon los, bevor du uns noch platzt!«, grinst er, obwohl er ebenfalls mit brisanten Neuigkeiten aufwarten kann, was er sich jedoch nicht anmerken lässt.

»Ich hab einen Treffer! Ein ungeklärter Mordfall, die Tatumstände passen exakt zu unserem Fall und dem aus Trier«, sprudelt es aus ihr heraus. »Na, was sagt ihr?«

»Dass du dich damit hinten anstellen kannst«, entgegnet Weiland trocken. »Ich habe nämlich ebenfalls einen!«

»Und ich erst!«, setzt Müller mit Unschuldsmiene noch einen drauf.

»Ihr seid Spielverderber!«, entrüstet sich Ohlsen. »Aber wisst ihr, was wir jetzt machen? Ich besorge uns eine Karte für das Gebiet und Markierungsfähnchen. Und dann geht es ab in den Besprechungsraum, wo wir die Fundorte der jeweiligen Leichen auf der Karte eintragen!« Ohne eine Antwort abzuwarten, stürmt sie aus dem Büro.

.

Horst Weiland schaut ihr sinnend hinterher. »Sag mal, Wolfgang ... hat die Kleine soeben zwei Oberkommissaren Anordnungen erteilt?«

»Das macht sie doch andauernd«, meint sein Partner lachend. »Wir merken es nur meistens nicht. Ich würde es aber als ›manipulative Vorschläge‹ bezeichnen.«

»Ist sie zu Hause eigentlich auch so?«, will der Freund wissen.

»Nee, du. Da ist sie ganz zahm!«

»Du meinst, so zahm wie ihre Frettchen?«

Wolfgang Müller grinst ihn nur an und stemmt sich aus seinem Sitz. »Wie ich Chrissie kenne, hat sie die Karte schon aufgetrieben. Wir lassen sie besser nicht warten.«

* * *

Heimann hat mit seinem Spürhund den Platz auf den drei von Bäumen umgebenen Seiten zur Hälfte umrundet, wobei er links begann und sich im Uhrzeigersinn vorwärts tastete. Cassy gab ihm dabei durch zielloses Herumschnüffeln zu verstehen, dass die gewünschte Spur sich bisher ihrer Spürnase entzog.

Den offenen Platz haben die beiden bislang ausgelassen, da der Hundeführer nicht davon ausgeht, dass sie dort mehr Erfolg haben werden. Niemand, der alle Sinne beisammen hat, wird sein Fahrzeug mitten auf einem derart großen freien Bereich abstellen, wenn er vorhat, zwischen den Bäumen etwas zu entsorgen.

Wobei es sich dabei ohnehin nicht um sein Opfer gehandelt haben kann, denn das wurde ja bekanntlich anderswo gefunden. Und außerdem muss der Täter, sofern er etwas in die Büsche warf, zu diesem Zweck zwangsläufig hier irgendwo entlanggegangen sein, ganz gleich, von wo er kam.

Die drei Kommissare und die Männer der Spurensicherung, die in der vergangenen halben Stunde den Wald in der näheren Umgebung auf verdächtige Hinweise, Verstecke oder Ähnliches untersuchten, haben die Sinnlosigkeit ihrer Bemühungen mittlerweile eingesehen und beobachten stattdessen aus einigen Metern Entfernung die beiden ›Kollegen‹ der K-9.

Mit einem Mal kommt Leben in die Hündin. Nachdrücklich zieht sie an ihrer Führungsleine und dirigiert Heimann zielsicher zu einem dichten Gesträuch einige Meter in den Wald hinein, wo sie hektisch zu graben beginnt.

* * *

Beim Betreten des Besprechungszimmers sind Chrissie und Erik, wie von Müller vorausgesagt, mit dem Aufhängen einer großformatigen Straßenkarte an einer freien Wand beschäftigt. Da die Kommissarin den Plan unmöglich in den wenigen Minuten beschafft haben kann, die seither vergangen sind, mutmaßt Weiland, sie habe ihn schon vorher besorgt oder Erik damit beauftragt. Was das kurzfristige Herbeischaffen diverser ungewöhnlicher Hilfsmittel angeht, ist das jüngste Teammitglied unbestritten ähnlich talentiert wie Tobias Heller.

»Ah, da seid ihr ja schon«, ruft Chrissie den Eintretenden über die Schulter zu. »Wir können sofort anfangen!«

»Und wie bekommen wir jetzt die Orte auf die Karte?«, erkundigt Erik sich interessiert. Der Junge ist voll bei der Sache, offenbar gefällt ihm diese Form der Ermittlungsarbeit.

»Willkommen im einundzwanzigsten Jahrhundert!«, klärt die Kommissarin ihn auf. »Fundorte von Leichen und wichtigen Beweisstücken werden heutzutage mit den jeweiligen GPS-Koordinaten markiert. Neben den Eckdaten, die wir von den drei Kriminalämtern vorab per Telefon erhielten, haben wir daher die exakten Positionen in Form von Geo-Koordinaten!« Ihr fragender Blick richtet sie dabei auf ihre Kollegen, die dazu stumm mit dem Kopf nicken.

»Okay.« Ohlsen greift sich die Fernbedienungen für Beamer und Motorleinwand und schaltet beides ein. Mit einem leisen Surren senkt sich die Leinwand herab, während das Projektionsgerät sich aufwärmt. »Du, Erik, wirst dich an den Computer setzen und die jeweiligen Koordinaten, die wir dir gleich nennen werden, in die Suchmaske von *Google Maps* eingeben. Dadurch wird deren Position mit einem Marker versehen, was wir dann auf die Karte hier an der Wand übertragen!«

»Cool!«, macht Erik und hechtet förmlich zu dem Rechner, um seinen Part bei der Aktion zu übernehmen.

»Na, dann wollen wir mal!«, beschließt Chrissie, dass es genug der Worte ist, nimmt ein gelbes Markierungsfähnchen zur Hand und nennt Erik die ihr von der Kriminalinspektion Daun in der Eifel übermittelten Daten. Das Fähnchen beschriftet sie in der ihr eigenen zierlichen Schrift mit dem Datum des Leichenfundes. Nach kurzem Nachdenken kommt ein weiteres, dieses Mal rotes Fähnchen hinzu, das sie mit dem Todesdatum versieht.

Nach einem abschätzenden Blick auf die Leinwand, wo in diesem Augenblick die zu den Koordinaten passende Markierung sichtbar wird, steckt sie beide Fähnchen in die damit korrespondierende Stelle auf ihrer Papierkarte.

Horst Weiland und Wolfgang Müller nennen Erik ebenfalls ihre Koordinaten, und wenige Minuten später zieren fünf Fähnchenpaare die Landkarte, die vorher schon vorbereiteten Markierungen für die Leichen in Trier und an der Wahnbachtalsperre eingerechnet.

Zum Schluss steckt Chrissie ein blaues Fähnchen in der Bonner Gegend in die Landkarte. »Darf ich vorstellen, meine Herren?«, präsentiert sie das Ergebnis im Tonfall eines Zirkusdirektors. Es fehlt nur noch ein Trommelwirbel. »Der Opferweg!«

»Und was bedeutet das blaue Fähnchen?«, wundert sich Weiland.

»Leider haben wir entsprechende Kenntnisse von den anderen vier Opfern ja nicht«, erklärt Ohlsen ihm ernst. »Dieses hier markiert jedenfalls die Stelle, wo Simone Wichmann ihrem Mörder erstmals begegnete. Und alle Fähnchen zusammen bilden ein eindeutiges Muster, wenn ihr mich fragt!«

* * *

»Cassy, aus!«, nimmt der Hauptkommissar das emsig grabende Tier sofort zurück, damit es keine gegebenenfalls vorhandenen Spuren verwischt.

Folgsam lässt die Hündin von ihrem Fund ab und setzt sich. Auftrag ausgeführt, heißt das. Heimann tätschelt ihr den Hals. »Braves Mädchen«, lobt er sie. »Kommt ihr mal?«, ruft er dann nach hinten zu den anderen Teilnehmern der Exkursion, was sich aber als überflüssig erweist, denn die stehen schon alle um ihn herum.

»Na, was haben wir denn hier?«, entfährt es Tobias Heller, nachdem zwei Forensiker vorsichtig, als gelte es, jahrtausendealte Tonscherben vom Staub der Zeit zu befreien, Laub und Erde an der von Cassy bezeichneten Stelle fortgeräumt haben. In der so entstandenen Mulde liegen Kleidungsstücke. Schuhe, Hosen, Bluse. Sowie eine Handtasche und ein Smartphone! »Ich denke, wir haben gefunden, was wir suchten«, bringt er es auf den Punkt. »Wir sind hier fertig, nehme ich an.«

Sieben Männer, eine Frau und ein Hund sind dort unter den Bäumen versammelt. Und weil sie alle mit dem Rücken zur Straße stehen und auf ihren Fund konzentriert sind, bemerkt niemand von ihnen das weiße Wohnmobil, das nur wenige Dutzend Meter entfernt in Richtung Norden unterwegs ist und mit reduzierter Geschwindigkeit an der Waldlichtung vorbeifährt.

* * *

Verdammt, verdammt, verdammt! Wie haben die Bullen diesen Ort bloß gefunden? Und ich Idiot fahre in aller Seelenruhe mit meiner ›Fracht‹ hier entlang!

Ich glaube, die haben mich aber nicht gesehen. Und außerdem können die doch gar nicht wissen, welches Auto ich fahre. Oder etwa doch?

Die wussten ja offenbar auch von den Klamotten, die ich hier vergraben habe. Ich war wieder mal viel zu leichtsinnig!

Nein, nein ... die haben gar nicht hergeschaut. Alles gut!

Und dass die hier sind, ist doch bestimmt Zufall! Wie sollten die denn schon davon erfahren haben? Der Hund eines Spaziergängers wird da gebuddelt haben. So etwas kommt vor! Nein, nein ... von mir wissen die nichts!

Hätte ich doch nur nicht ... Aber als ich vorhin dieses junge Ding dort am Straßenrand sah, konnte ich einfach nicht widerstehen, obwohl heute erst Mittwoch ist.

Ich muss mir eben etwas einfallen lassen, was ich bis zum Wochenende mit ihr mache. Vorher ist keine Zeit, sich mit ihr gebührend zu befassen. Habe noch einen Haufen Kram für die Firma zu erledigen.

Und vor allem: Langsam fahren. *Aber auch nicht* zu gemütlich, wir wollen doch mit der Schlampe da hinten drin keine unnötige Aufmerksamkeit erregen! Wer weiß denn, ob nicht noch mehr von denen unterwegs sind!

Und es ist sicher nicht die schlechteste Idee, das Handy vorerst ausgeschaltet zu lassen, man weiß ja nie ...

NEUN

Christina Ohlsen ist auf dem Rückweg in ihr eigenes Büro. Neben dem allmorgendlichen Plausch mit den Kollegen Horst Weiland und Wolfgang Müller, mit dem sie ohnehin morgens gemeinsam zum Dienst erscheint, ging es heute vornehmlich um den Bericht für die Dienstbesprechung um 10:00 Uhr. Horst Weiland würde bis dahin hoffentlich seine Powerpoint-Präsentation zur Visualisierung ihrer gestrigen Recherche bezüglich der drei zusätzlichen Mordopfer fertig haben. Sofern die von den Kriminalinspektionen Wittlich, Daun und Bad Neuenahr-Ahrweiler versprochenen Fallakten rechtzeitig eintreffen.

Auf dem Weg in ihr eigenes kleines Refugium fällt ihr eine ältere Frau auf, die im Flur des Kommissariats von Tür zu Tür wandert und jedes einzelne Türschild einer eingehenden Untersuchung unterzieht. Dies ist insoweit ungewöhnlich, weil man die Dame am Empfang im Foyer hätte abfangen müssen. Aus Sicherheitsgründen ist es Besuchern seit geraumer Zeit nicht mehr erlaubt, ohne Begleitung eines Wachmanns im Haus herumzulaufen. »Kann ich etwas für Sie tun?«, spricht sie die hilflos wirkende Frau an. »Zu wem möchten Sie denn?«

Die Frau nestelt nervös an ihrer Handtasche und zieht eine Brille hervor, die sie anstelle der Lesebrille, die sie auf der Nase sitzen hatte, aufsetzt. Anschließend mustert sie die Kommissarin aufmerksam. »Ach, ich weiß überhaupt nicht, ob ich hier richtig bin, junge Frau!«, klagt sie dann. Ihre Stimme klingt zittrig. »Ich will eine Vermisstenanzeige aufgeben. So heißt das doch? Können Sie mir da weiterhelfen?«

Die Polizistin setzt ihr wärmstes Lächeln auf. »Ich bin Kommissarin Ohlsen«, stellt sie sich vor. »Kommen Sie bitte mit mir, ich werde Ihre Anzeige aufnehmen«, fordert sie die Dame auf und öffnet die Tür zu ihrem Büro. Einladend weist sie ins Innere des Raumes und lässt ihr höflich den Vortritt.

›Eine Vermisstenanzeige käme in der jetzigen Situation äußerst ungelegen‹, überlegt sie dabei sorgenvoll. Alle verfügbaren Kräfte sind momentan an die Aufklärung des Mordes an Simone Wichmann gebunden. Andererseits tauchen über neunzig Prozent der gemeldeten Personen innerhalb der nächsten vierundzwanzig Stunden von alleine wieder auf. Mit gemischten Gefühlen folgt sie der Besucherin in ihr Büro.

* * *

»Du machst so einen zufriedenen Eindruck«, kommentiert Denise Malowski das breite Grinsen auf Tobias Hellers Gesicht. Der kommt direkt aus der Forensik, wo er Dreyer, dem Computergenie aus Jürgen Vogels Truppe, eine Aufgabe stellen wollte. »Klaus hat dir also helfen können?«

»Ist der Papst katholisch?«, kontert Tobias trocken, während er seinen Schreibtisch in Besitz nimmt. Dem fünfunddreißigjährigen studierten Informatiker und leidenschaftlichen Elektronikbastler Klaus Dreyer eilt der Ruf voraus, selbst einem Toaster das eine oder andere Geheimnis entreißen zu können. Ein Smartphone dagegen entlockt ihm meist nur ein müdes Lächeln.

»Klaus musste das Teil erst ein paar Minuten ans Ladegerät hängen«, erinnert Heller seine Partnerin daran, in welchem Zustand man das Gerät gestern Nachmittag fand. »Wusstest du, dass die meisten Leute Ihre PIN zum Entsperren nach einem Datum wählen? Hier war es das Geburtsdatum. Klaus brauchte nicht einmal drei Versuche.«

»So? Das ist ja alles höchst bemerkenswert«, runzelt Malowski die Stirn und nimmt sich vor, den Code ihres eigenen Handys umgehend zu ändern. »Aber was hat er denn jetzt konkret so Erfreuliches herausgefunden?«

»Von diesem Handy«, informiert Tobias Heller sie genüsslich, »wurde am Freitagabend, exakt um 22:06 Uhr der Notruf gewählt!«

»Waaas? Das war doch unmittelbar, bevor das Handy laut Signalverfolgung auf diesem Platz im Wald, wo wir es fanden, erstmals lokalisiert wurde!«

»Korrekt! Ich werde umgehend bei der Notrufzentrale die dazugehörige Aufzeichnung anfordern. Sofern eine Verbindung überhaupt zustande kam, Simones Entführer wird sie beim Versuch, Hilfe zu rufen, erwischt haben, denke ich. Und das war dann der eigentliche Grund für die Aktion mit den vergrabenen Sachen.«

* * *

»So, fertig!« Horst Weiland speichert die angefertigte Präsentation auf einem USB-Stick zur späteren Verwendung in der Fallbesprechung. Der Computer im Besprechungsraum ist zwar an das interne Netzwerk angeschlossen, aber so ist es bequemer. Er schaut auf seine Armbanduhr. »Wir haben noch eine halbe Stunde Zeit bis zur Besprechung«, stellt er zufrieden fest. »Und was machen wir jetzt so lange?«

Bevor Kollege Müller den Mund zu einer Antwort öffnen kann, übernimmt dies Chrissie Ohlsen, die soeben hereinschneit und die letzten Worte gehört hat: »Ich wüsste da schon was«, schlägt sie vor und reicht Weiland ein Foto. »Das hier müsste noch mit in die Präsentation, geht das?«

»Klar. Ich bräuchte es aber digital ... weißt du, was? Ich fotografiere es schnell mit dem Handy ab. Und an welcher Stelle in der Vorführung soll das dann erscheinen?«

Christina Ohlsen erläutert ihm und Wolfgang im Schnelldurchgang die Hintergründe zu dem Foto. »Heilige Scheiße!«, entfährt es daraufhin beiden vollkommen lippensynchron.

* * *

»*Notrufzentrale. Was kann ich für Sie tun?*« Die Stimme der Telefonistin klingt geschäftsmäßig neutral aus dem Handy, auf dem Tobias Heller die ihm kurzfristig zur Verfügung gestellte Aufzeichnung abgespeichert hat. Laut Zeitstempel kam der Anruf am Freitag, dem 24. August, um genau 22:06:12 Uhr herein. Gespannt lauschen die Kollegen dem nur wenige Sekunden dauernden Tondokument.

Nach der Begrüßung ist zunächst aber nur ein monotones brummendes Geräusch zu hören, worauf die Frau ihre Aufforderung wiederholt, drängender dieses Mal: »*Hallo? Sie sind mit der Notrufzentrale verbunden, bitte sprechen Sie!*«

Eine Antwort bleibt weiterhin aus, dafür ist jetzt ein hoher, kreischender Ton zu hören, Sekunden später gefolgt von einem Poltern und einem weiteren, nicht zu identifizierenden Geräusch. Unmittelbar, bevor die Verbindung unterbrochen wird, ist aus der Ferne ein verzweifeltes »*Hilfe, bitte helfen Sie mir!*« einer weiblichen Stimme zu vernehmen, dann ist es still.

»Das ist leider schon alles«, zuckt Heller mit den Schultern und steckt das Mobiltelefon wieder ein. »Dreyer hat aber eine Kopie davon und will versuchen, mit geeigneten Filtern mehr aus der Aufnahme herauszuholen. Was aber jetzt schon feststeht, ist, dass es sich bei dem Hintergrundgeräusch um den Motor eines Kraftfahrzeugs handelt. Das Kreischen gehört vermutlich zu einer Vollbremsung, meint Klaus. Den Motor ließ der Fahrer weiterlaufen. Und das darauffolgende Poltern könnte durch das Handy verursacht worden sein, das der Frau aus der Hand fiel oder aus der Hand geschlagen wurde.«

»Danke, Tobias!«, beendet Donner das anschlie-
ßende Schweigen. »Das ist meines Erachtens in
gleich mehrfacher Hinsicht für uns aufschlussreich,
was den Täter anbelangt!«

»Ich denke, ich weiß, was du meinst«, meldet
sich Denise Malowski zu Wort. »Der Täter gibt sich
unglaublich sorglos, um nicht zu sagen: dilettantisch. Nicht nur, dass er Simone das Handy nicht
abnahm, nachdem er sie vermutlich gleich bei
Antritt der Fahrt betäubte. Er ließ es sogar dann
noch eingeschaltet, als er es im Wald vergrub, sonst
hätten wir die Stelle nie im Leben gefunden!«

»Es wird genau diese Sorglosigkeit sein, die ihm
letztendlich das Genick bricht«, hofft Donner. »Und
das hoffentlich bald.«

»Das Hörgerät, das Simone Wichmann trug, war
bekanntlich nicht unter den vergrabenen Sachen. Es
könnte demnach noch im Auto ihres Mörders liegen«, überlegt Chrissie Ohlsen. »Oder an dem uns
unbekannten Ort, wo er sie tagelang gefangen hielt.
Schade, dass man *sowas* nicht orten kann!«

»Theoretisch können wir diesen hypothetischen
Ort aber eingrenzen«, wiederholt Wolfgang Müller
seine bereits gestern zu dem Thema geäußerte Hoffnung. »Irgendwo zwischen der Stelle, wo die Sachen
vergraben waren und dem Fundort der Leiche!«

»Das ist immer noch ein recht großes Gebiet,
Wolfgang. Vielleicht bringt die Aufbereitung der
Daten, die wir gestern und heute von einigen anderen Dienststellen zu weiteren ungeklärten Mordfällen erhielten, ja etwas«, schlägt Horst Weiland vor.

»Chrissie glaubt jedenfalls, ein Muster darin erkannt zu haben!«

»Das benötigen wir aber auch jetzt dringend«, seufzt der Kommissariatsleiter. »Schumann ist nämlich vom Haken. Seine DNA stimmt, wie erwartet, nicht überein.« Er betätigt die Fernbedienung, worauf sich die Motorleinwand herabsenkt. »Dann legt mal los mit eurer Präsentation!«

* * *

»Wolfgang, Horst und ich haben in den beiden vergangenen Tagen alle Kriminalinspektionen kontaktiert, die für Städte im Umkreis von fünfzig Kilometern links und rechts der Route zwischen Trier und Siegburg zuständig sind«, erinnert Chrissie Ohlsen die Kollegen, während Horst Weiland die Präsentation startet.

»Bei dreien davon hatten wir insofern Erfolg, dass es dort ähnliche, bisher unaufgeklärte Fälle gab. Was aber nichts bedeuten muss. Es wäre möglich, dass weitere Leichen nur noch nicht gefunden wurden. Wir haben es demnach momentan mit fünf einander stark ähnelnden Fällen zu tun, wobei ein eindeutiges Muster erkennbar ist, wie ihr gleich sehen werdet. Zur Verdeutlichung haben wir zu jedem einzelnen Fall neben der Position auf der Karte ein Foto des Opfers mit in die Präsentation gepackt. Dazu das Todesdatum und das Datum des Fundes.«

»Da habt ihr euch ja mächtig ins Zeug gelegt«, nickt Donner anerkennend und heftet den Blick auf die Leinwand. »Dann mal los!«

Auf der Projektion materialisiert das Foto einer jungen Frau. »Das ist die abgelegene Stelle an der L141, wo die Trierer Kollegen im vergangenen Jahr am 24. Juli eine bisher nicht identifizierte weibliche Leiche fanden. Sie war etwa Mitte Zwanzig, nur notdürftig bekleidet, und am Abend zuvor getötet worden«, wiederholt Ohlsen die bekannten Fakten.

Ein weiteres Bild wird eingeblendet. »Wir befinden uns weiterhin auf der L141«, erläutert die Kommissarin. »Nur etwa zwanzig Kilometer von der vorigen Stelle entfernt, aber in einem anderen Zuständigkeitsbereich, nämlich dem der Kriminalpolizei von Wittlich. Wieder eine Frau, etwa Anfang bis Mitte Zwanzig. Name und Herkunft unbekannt. Sie lag ebenfalls außerhalb der Stadt, in einem kleinen Wäldchen hinter dem Ort Salmtal, auf halber Strecke zu Wittlich. Sie wurde im vergangenen Jahr am 28. August von Spaziergängern gefunden. Laut Rechtsmedizin ist auch sie am Abend zuvor getötet worden.«

Nacheinander füllt sich die Projektion mit weiteren Fotos junger Frauen, die an den jeweiligen Positionen gefunden wurden. »Die L64, vierzig Kilometer nördlich der Leiche bei Salmtal in der Nähe des Ortes Eckfeld. Eine unbekannte Frau im Wald, etwa vierundzwanzig, im vergangenen Jahr am 9. September entdeckt, am Abend zuvor getötet. Zuständig ist die Kriminalinspektion Daun«, kommentiert Ohlsen stichwortartig.

Nächstes Foto. »B257, weitere fünfzig Kilometer nördlich, bei Ahrbrück nahe Hönningen, wurde in diesem Jahr am 2. Juli eine Frau im Alter von etwa zweiundzwanzig Jahren in einem Waldstück abseits der Straße tot aufgefunden. Name und Herkunft auch hier wieder unbekannt. Sie wurde ebenfalls erwürgt. Hönningen liegt im Zuständigkeitsbereich von Bad Neuenahr-Ahrweiler.«

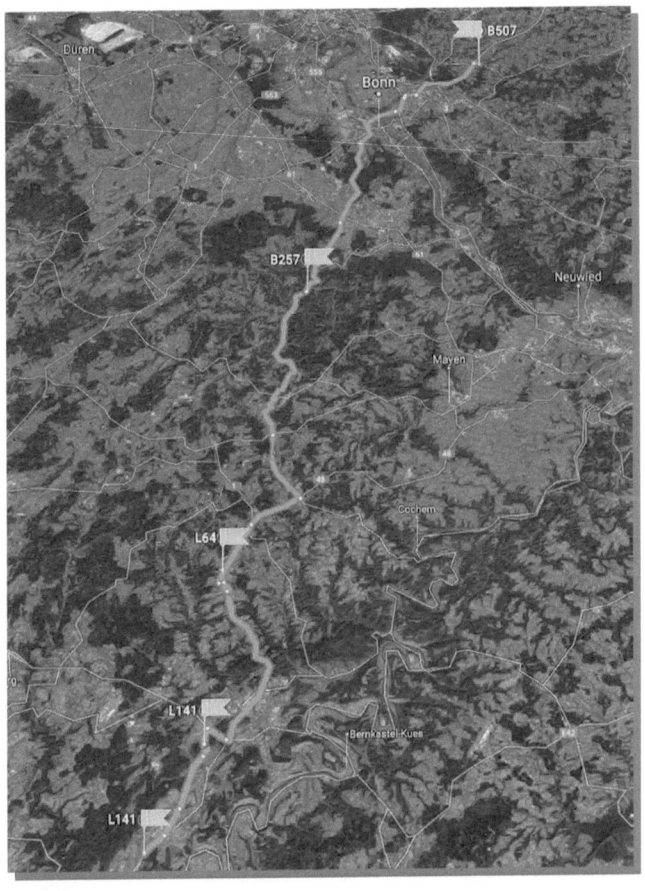

Zuletzt erscheint das Bild von Simone Wichmann. »B56/B507 in direkter Nähe zum Ufer der Wahnbachtalsperre«, kommt Chrissie Ohlsen zum vorläufigen Ende der Vorführung. »Der Ort liegt an die vierzig Kilometer von Ahrbrück entfernt. Die Daten sind hinreichend bekannt. Zuständig sind wir.«

»Ich denke, ich erkenne das von dir angesprochene Muster«, ergreift Donner beeindruckt das Wort. »Die Leichen wurden jeweils in einem eigenen Zuständigkeitsbereich gefunden und jede Einzelne sowohl räumlich als auch zeitlich von Süden nach Norden angesiedelt. Beide Vektoren zeigen unmissverständlich in unsere Richtung, als würde der Täter einer Art Zugvogelinstinkt folgen, der ihn nach Norden führt!«

»Das ist aber noch nicht alles, Chef«, erwidert Wolfgang Müller. »Weitere gemeinsame Merkmale neben Alter und Aussehen - wie wir sehen, handelt es sich bei allen fünf Opfern um einen ähnlichen Typ Frau - sind die Fundorte und -zeiten. Sie wurden alle an einem Montag gefunden und am Abend davor ermordet. Außerdem hat die Obduktion übereinstimmend ergeben, dass alle fünf Opfer mindestens zwei Tage vorher weder Nahrung noch Flüssigkeiten zu sich nahmen. Wir können daher davon ausgehen, dass sie sich von Donnerstag oder Freitag der jeweiligen Woche an in der Gewalt ihres späteren Mörders befanden.«

»Außerdem gehe ich davon aus, dass der Täter die Opfer in dem jeweilig vorherigen Bezirk auflas und sie dann ›über die Grenze‹ brachte«, ergänzt Chrissie Ohlsen. »Zwar haben wir als einzigen Beleg für diese These nur unseren eigenen Fall, aber ich denke, der Täter änderte seine Vorgehensweise

nicht. Weil nämlich infolge der spärlichen Spurenlage die zuständigen Ermittler auf diese Weise
kaum in der Lage waren, einen Zusammenhang
herzustellen. Zumal überregionale Abgleiche ohnehin selten vorgenommen werden, und auch nur,
wenn konkrete Hinweise vorliegen. Erst die DNA-
Spuren an der Trierer Leiche brachten uns auf den
Gedanken, nachzuforschen.«

»Hm. Wenn ich mir eure bedröppelten Mienen
so anschaue, war das aber immer noch nicht alles.
Habe ich recht? Was habt ihr noch? Heraus mit der
Sprache!«

»Nein, Chef. Das ist nicht alles!« Christina
Ohlsen gibt Horst Weiland einen Wink, woraufhin
er die Präsentation weiterlaufen lässt. Das Foto
einer jungen Frau, die in Alter und Typ den anderen
aufs Haar gleicht, erscheint im Zentrum von
Siegburg auf der Leinwand.

»Das ist Heike Krause, siebzehn Jahre alt, Schülerin. Sie kam gestern nicht von der Schule nach
Hause. Vorhin war ihre Großmutter bei mir, um
eine Vermisstenanzeige aufzugeben. Heike lebt bei
ihr, seit ihre Eltern vor vier Jahren bei einem Flug-
zeugabsturz ums Leben kamen. Frau Krause
beschrieb ihre Enkelin als äußerst zuverlässig. Dass
sie einfach so wegbleibt, und das über Nacht, sei
unvorstellbar. Das Mädchen kleidet und schminkt
sich aber wie eine Erwachsene. Ihr seht ja auf dem
Bild, dass sie auf den ersten Blick wie Anfang Zwanzig wirkt.« Die Kommissarin senkt die Stimme. »Ich
fürchte, wir haben ein weiteres Opfer!«, kommt es
beinahe tonlos über ihre Lippen.

In der einsetzenden Stille hätte man eine Stecknadel fallen hören können. Fast eine geschlagene Minute herrscht betroffenes Schweigen im Besprechungsraum, dem Denise Malowski schließlich resolut ein Ende bereitet: »Dann wissen wir jetzt hoffentlich endgültig alle, was zu tun ist, Kollegen! Finden wir diesen Mistkerl, bevor er sein sechstes Opfer tötet!«

»Ich hätte da eine Idee!«, erhebt Chrissie Ohlsen wieder ihre Stimme. »Und zwar wäre es aufgrund der bisher vom Täter gewählten Orte zur Ablage der Leichen eventuell möglich, auf seine nächste Station zu schließen.«

»Und wo wäre das deiner Meinung nach?«, will Donner umgehend wissen. Was ungewöhnliche und bisweilen abstruse Vorschläge angeht, ist Chrissie Ohlsen mittlerweile ähnlich kreativ wie Kollege Horst Weiland.

»Simone Wichmann wurde in Bonn gekidnappt und hier im Rhein-Sieg-Kreis abgelegt, nachdem sie ermordet wurde«, entwickelt Ohlsen ihren Plan. »Für den Fall, dass dies die übliche Vorgehensweise des Täters darstellt, er also niemals zwei Aktionen im selben Bezirk durchführt, wird er Heike Krause am Sonntagabend in Richtung des Rheinisch-Bergischen Kreises transportieren, sofern er den Nordkurs beibehält. In direkter Linie über die B56 und die L318 käme da meines Erachtens nur der Ort Overath in Frage oder ein abgelegener Waldweg in der Nähe davon. Das wäre dann eine Strecke von etwa zehn Kilometern.«

»Ich sehe, du hast deine Hausaufgaben gemacht. Aber das sind doch reichlich viele Unwägbarkeiten«, findet der Kommissariatsleiter sofort den Pferdefuß in Ohlsens Vorschlag. »Und außerdem wäre es für das Mädchen dann zu spät. Vergiss nicht, dass sein letztes Opfer definitiv schon tot war, als er es an der Talsperre ablegte. Außerdem haben wir lediglich rudimentäre Kenntnisse bezüglich seines Fahrzeugs, wir wissen eigentlich nur, dass es wahrscheinlich ein Reisemobil ist und vermutlich von weißer Farbe. Nein, wir müssen ihn schon vorher aufspüren. Heute ist Donnerstag, wir haben daher nur drei Tage Zeit!«

»Wir haben aus Zeitgründen die uns per Email übermittelten Fallakten aus Wittlich, Daun und Bad Neuenahr-Ahrweiler bisher nicht komplett durchgesehen«, gesteht Horst Weiland seinem Vorgesetzten. »Uns waren die Eckdaten zunächst wichtiger für ein Gesamtbild. Wir werden uns aber umgehend damit befassen.«

»Ich befürchte zwar, dass da nicht viel bei herauskommt, sonst hätten die Kollegen vor Ort das ja in der Zusammenfassung erwähnt«, ergänzt Wolfgang Müller, »aber wie wir alle wissen, sind es oft unbedeutend erscheinende Kleinigkeiten, die in der Gesamtheit ein neues Bild ergeben.«

»Und wir lassen das Handy von Heike Krause orten«, schlägt Tobias Heller vor und schaut Chrissie Ohlsen fragend an. »Wir haben doch die Nummer?« Worauf er ein bestätigendes Kopfnicken erntet. »Okay, das leiern wir als Erstes und mit oberster Priorität an, unser Täter war diesbezüglich ja schon einmal nachlässig. In der Zwischenzeit fahren wir zur Oma des Mädchens, sie ist unter Umständen in der Lage, uns weitere Hinweise zu geben. Wir wissen ja letzten Endes nicht mit Sicherheit, ob Heike Krause ein Opfer desselben Täters ist!«

»Das gilt genau genommen für die übrigen drei ebenfalls«, weist Denise Malowski auf den Umstand hin, dass es sich dabei ausschließlich um Indizien handelt. Wenn auch um äußerst Überzeugende.

»Ich werde mich persönlich um die Handyortung kümmern«, beschließt Donner. »Und um den dazu notwendigen Gerichtsbeschluss. Und jetzt macht euch an die Arbeit!«

* * *

»Wisst ihr, was ich nicht verstehe?«, ereifert sich Christina Ohlsen. »Wie kann einer mindestens ein Jahr lang durch die Gegend fahren, Leute umbringen, und dabei praktisch keine Spuren hinterlassen, obwohl er völlig dilettantisch und chaotisch agiert!«

»Wir wissen nicht, ob er planlos vorgeht, Chrissie«, beschwichtigt Horst Weiland die aufgebrachte Kollegin. »Es besteht die Möglichkeit, dass er bloß nach einem System vorgeht, das sich uns bislang nicht erschlossen hat. Er muss aber seine Opfer tagelang versteckt gehalten haben, bevor er sie tötete. Wieso ist man ihm nie auf die Schliche gekommen? Warum ist nie jemandem etwas aufgefallen? Er hat die Frauen ja dorthin gebracht und wieder abgeholt!«

146

»Das wäre ein Hinweis darauf, dass diese Verstecke sehr abgelegen sind«, vermutet Wolfgang Müller. »Die Frage ist nur, auf welche Weise er Zugriff darauf hat. Was ich damit meine, ist: Wir haben es hier mit einem Aktionsradius von etwa achtzig Kilometern zu tun, und das auch nur für den Fall, dass seine Operationsbasis in der Mitte zwischen hier und Trier liegt, was aber den bekannten Fakten widerspräche. So viele Hütten, die weit vom Schuss und im ganzen Land verteilt sind, werden ihm ja wohl nicht gehören!«

»Lasst uns einfach die drei neuen Fallakten und die aus Trier der Reihe nach durchgehen«, beendet Chrissie Ohlsen die fruchtlose Diskussion. »Ihr habt alle Kopien davon und wir lesen die jetzt gemeinsam durch. Wenn einem etwas auffällt, sprechen wir darüber.« Ihr wird nicht bewusst, dass sie so ganz nebenbei das Kommando übernommen hat. Aber so ist es im Grunde genommen auch nicht gemeint und deshalb nimmt niemand Anstoß daran.

Die drei Kommissare sind mit Erik nach der Fallbesprechung gleich im Besprechungsraum geblieben. Dort ist genügend Platz und man kann Ergebnisse, sofern welche erzielt werden, sofort auf dem Whiteboard festhalten. Es wäre zwar zeitsparender, wenn sich jeder eine andere Akte vornähme, aber so ist es effektiver und die Gefahr, etwas Wichtiges zu übersehen, wesentlich geringer. Dann kehrt Ruhe ein, die nur hin und wieder vom Rascheln einer umgeblätterten Seite gestört wird.

* * *

Mathilde Leitner, die Großmutter des vermissten Mädchens, wohnt am anderen Ende von Siegburg auf der Luisenstraße, gleich vor der Aggerbrücke. »Haben Sie denn schon etwas von meiner Enkelin gehört?«, fragt die alte Frau in hoffnungsvoll-bangem Ton, nachdem Denise und Tobias sich vorgestellt haben. Sie geleitet die beiden Ermittler in ihr Wohnzimmer.

»Wir tun alles, um ihren derzeitigen Aufenthaltsort herauszufinden«, antwortet Denise Malowski ihr diplomatisch. »Ich bin sicher, Ihre Enkelin ist wohlauf!«

Die Befürchtung, dass Heike Krause in die Hände eines irren Serientäters gefallen sein könnte, verschweigt sie der verzweifelten Frau geflissentlich. Nach allem, was sie bisher über den Täter zu wissen glauben, ist das Mädchen bis Sonntagabend nicht in unmittelbarer Lebensgefahr, aber an das, was dieses Monster ihr bis dahin womöglich antun wird, will Denise lieber nicht denken.

»Ich habe doch schon meine Tochter verloren«, schluchzt die Frau. »Ich kann doch nicht auch noch mein Enkelkind verlieren! Bitte, Sie müssen Heike finden!«

»Ihre Enkelin geht auf das Anno-Gymnasium, Frau Leitner«, ergreift Tobias Heller das Wort. »Das ist doch in der Zeithstraße, wenn ich mich recht erinnere. Wie kommt sie denn dorthin? Mit dem Bus?«

»Ja, mit dem Bus. Eine Haltestelle ist da ja gleich vor der Tür und hier ist auch eine Station nur ein paar Meter die Straße herunter. Heike ist immer so zuverlässig, nicht wie viele Andere in ihrem Alter. Sie würde niemals einfach fortbleiben, ohne mir Bescheid zu geben!«

»Aber bei ihren Freundinnen haben Sie dennoch nachgefragt?«, vergewissert sich Denise. So hatte Frau Leitner es bei Christina Ohlsen zu Protokoll gegeben.

»Leider konnten die mir nicht sagen, wo Heike ist. Eine Klassenkameradin hat sie aber nach der Schule an der Bushaltestelle stehen sehen.«

»Wir lassen das Handy Ihrer Enkelin orten«, erklärt Denise Malowski der Frau vorsichtig. »Wenn sie es nicht ausgeschaltet hat, finden wir sie!«

Mathilde Leitner schlägt erschrocken eine Hand vor den Mund. »Oh, mein Gott«, schluchzt sie. »Das sagte Ihre nette Kommissarin Ohlert auch«, erinnert sie sich. »Aber ...«

»Kommissarin Ohlsen«, verbessert Tobias sie mechanisch. »Aber was haben Sie denn?«

Mathilde Leitner ist plötzlich kreidebleich geworden. Mit zitternden Händen langt sie in eine Schublade und fördert ein Handy zutage. »Sie muss es heute Morgen vergessen haben, mitzunehmen!«, flüstert sie tonlos. »Ich habe es vorhin erst entdeckt.«

Einige Sekunden herrscht betretenes Schweigen in dem Raum. »Bitte verstehen Sie mich nicht falsch ... nur für den Fall, dass es sich als notwendig erweisen sollte«, formuliert Tobias anschließend vorsichtig. »Würden Sie uns einige getragene Kleidungsstücke Ihrer Enkelin überlassen? Am besten eignet sich Leibwäsche.«

Die Frau begreift den Sinn hinter Hellers Worten sofort und wird erneut blass. »Sie meinen ...«

»Es handelt sich lediglich um eine vorsorgliche Maßnahme, Frau Leitner«, beruhigt Denise die Frau. »Falls es schnell gehen muss. Wir werden Heike finden!« ›Auf die eine oder andere Weise‹, fügt sie düster in Gedanken hinzu.

* * *

Die drei ersten Fallakten waren schnell abgearbeitet. Bilder der Fundorte mit den Leichen, einige Stellungnahmen der ermittelnden Beamten und die obligatorischen Berichte der Rechtsmedizin waren in den Akten von Trier, Wittlich und Daun alles an Informationen. Weder Zeugen noch weiterführende Hinweise. Diskussionen im Anschluss an die Lektüre der Schriftstücke führten ebenfalls zu nichts, niemandem war etwas aufgefallen.

Wesentlich mehr an Fakten liefert die Fallakte von Bad Neuenahr-Ahrweiler zunächst ebenfalls nicht. Die Leiche wurde abseits der B257 im Gebüsch eines Waldweges gefunden. Nichts Neues also. Der einzige Unterschied zu den übrigen Fällen ist das einsame Wohnhaus, nur wenige Dutzend Meter entfernt von der Stelle, wo die Tote lag und bei Nacht kaum auszumachen, sodass der Täter es möglicherweise übersah. So war es dann auch ein Bewohner eben dieses Hauses, der beim morgendlichen Rundgang mit seinem Hund die Leiche fand.

»Ich hab da was, glaube ich!«, meldet sich Erik unvermittelt zu Wort. Im Gegensatz zu den Kommissaren, die im Umgang mit solchen Dingen wesentlich routinierter sind, braucht der Junge etwas länger für die Durchsicht der Akten. »Der Anwohner, der am Montagmorgen die tote Frau fand, hat am Abend zuvor ein Auto die Straße entlangfahren sehen«, zitiert er aus dem Bericht. »Dabei könnte es sich doch um den Täter gehandelt haben, oder nicht? So abgelegen, wie das dort ist ...?«

»Klar könnte er das gewesen sein«, gibt Chrissie Ohlsen ihm recht. »Aber was nützt uns das? Der Zeuge hat keine genaueren Angaben machen können. Er hat nur ein großes Auto gesehen, einen Kleinbus oder etwas in der Art. Die Farbe konnte er in der Dunkelheit nicht exakt bestimmen und vom Nummernschild hat er sich die vierstellige Zahl am Ende nur deshalb gemerkt, weil sie wie sein Geburtsdatum lautete. Selbst wenn wir genaue Kenntnisse über den Fahrzeugtyp hätten: Hast du eine Ahnung, wie viele Treffer wir mit diesen Angaben bundesweit bekämen? Tausende! Wir wissen ja nicht einmal, in welchem Bezirk das Fahrzeug zugelassen ist!«

»Somit sind wir mit den Berichten durch, leider ohne Ergebnis«, bringt Wolfgang Müller es auf den Punkt. »Hoffen wir, dass Denise und Tobias mehr Glück haben, sonst findet am Montag jemand irgendwo eine weitere Leiche«, fügt er mit Grabesstimme hinzu. Betretenes Schweigen der Kollegen ist die einzige Antwort.

*** *

»Wir sind mal wieder in einer Sackgasse gelandet, Tobi!«, gibt Denise Malowski sich ungewohnt pessimistisch.

»Wegen des Handys? Ich hatte ohnehin nicht ernsthaft daran geglaubt, dass wir das Mädchen auf diese Weise finden«, gesteht Tobias Heller seiner Partnerin, während er den Wagen auf dem Parkplatz des Schulgebäudes abstellt. Es ist Mittag. »Unser Täter mag zwar nicht der Hellste sein«, fügt er erklärend hinzu, »aber davon, dass er den gleichen Fehler ein zweites Mal begeht, ist wohl eher nicht auszugehen.«

»Ach, und was tun wir dann hier?«, wundert sich Denise. »Sag nichts ... Wir befragen die Mitschüler des Mädchens!«, begreift sie. »Aber du weißt schon, dass die jetzt alle im Unterricht sind?«

»Wir haben nicht eine einzige Minute zu verschwenden, Denise!«, ereifert Heller sich. »Uns läuft im wahrsten Sinne des Wortes die Zeit davon. Die werden uns zu den Schülern in die Klasse lassen, wenn wir denen das plausibel machen, wirst schon sehen!«

Wenige Minuten später sitzen sie der Schulleiterin gegenüber und tragen ihr Anliegen vor. Die Rektorin gibt sich zum Ansinnen der Kommissare aber zunächst unnachgiebig und lehnt es entschieden ab. »Die achte Klasse schreibt in diesem Augenblick eine Klausur«, begründet Oberstudiendirektorin Brunner ihre Entscheidung. »Ich muss Sie daher bitten, mit der Befragung meiner Schüler bis zum Ende der Stunde zu warten.«

»Es geht in diesem Fall buchstäblich um jede Minute, Frau Brunner!«, beschwört Denise Malowski die Schulleiterin. Für den Erfolg der Mission ist es ihrer Meinung nach günstiger, wenn sie anstelle ihres Partners die Verhandlung mit der resoluten Frau übernimmt. In Tobias brodelt es jetzt, das weiß sie genau.

Nach kurzem Nachdenken beschließt sie, die Rektorin in groben Zügen über die laufende Ermittlung zu informieren. »Ich muss Sie bitten, über das, was ich Ihnen jetzt sage, absolutes Stillschweigen zu bewahren!«, eröffnet sie ihr und nennt die Fakten. Ohne ins Detail zu gehen, versteht sich. Den möglichen Zusammenhang mit dem Verschwinden der Schülerin Heike Krause verschweigt sie aber nicht.

»Es besteht Hoffnung, das Mädchen lebend wiederzufinden«, appelliert sie an die Schulleiterin. »Wir müssen dazu aber schnell und konsequent handeln. Vor allem aber benötigen wir dringend Informationen. Lassen Sie uns bitte mit der Schulklasse reden!«

Brunner schaut die Ermittler lange an und erlaubt sich dann ein verhaltenes Kopfnicken. »Ich werde die Klausur an einem anderen Tag wiederholen lassen«, eröffnet sie ihnen dann unvermittelt. Ihre nach wie vor zur Schau gestellte Selbstsicherheit hat aber deutliche Risse bekommen, das ist nicht zu übersehen. »Kommen Sie, ich begleite Sie in die Klasse.«

* * *

Eine knappe halbe Stunde später stehen Denise und Tobias auf dem Schulhof. »Wieder nichts!«, bringt Malowski den erneuten Misserfolg gefrustet zur Sprache. »Von denen hat keiner was gesehen. Das war für die Katz!«

»Na, ja. Immerhin haben wir einer Schulklasse die Klausur erspart«, relativiert Heller grinsend, wird aber sofort wieder ernst. »Komm, lass uns wenigstens die Bushaltestelle in Augenschein nehmen, vielleicht hat dort ja jemand etwas mitbekommen. Eine der Schülerinnen konnte sich zumindest erinnern, Heike dort gestern gegen 14:00 Uhr gesehen zu haben, wie sie auf den Bus wartete.«

»Falls sie dort überhaupt gekidnappt wurde«, bremst Denise seinen Eifer.

»Weißt du was Besseres?« Schulterzuckend setzt er sich in Bewegung.

Die Haltestelle ist keine hundert Meter vom Schulgelände entfernt und die Ermittler schauen sich aufmerksam um, nachdem sie dort angekommen sind. »Hier sind mehrere Läden mit großen Schaufenstern«, stellt Denise fest. »Es kann nicht schaden, dort einmal nachzufragen. Kann ja sein, dass von denen einer was mitbekommen hat und sich nur nichts dabei dachte.«

»Fängst du schon mal alleine an?«, bittet Tobias sie abwesend, während er nachdenklich zu einem Gebäude auf der anderen Straßenseite schaut. »Da ist eine Bank gleich gegenüber der Haltestelle. Und die haben einen Geldautomaten vor der Tür!«

»Brauchst du Geld?«, fragt Denise verständnislos nach.

»Das auch, aber haben außen angebrachte Geldautomaten nicht immer ...«

»... eine Überwachungskamera!«, ergänzt sie den begonnenen Satz. »Mensch, Tobi! Das wäre ja *der* Sechser im Lotto, wenn da was drauf zu sehen wäre!«

ZEHN

Das Bild auf der Leinwand ist grobkörnig und zeigt eine Bushaltestelle, an der drei Leute auf den Linienbus warten. Ein älterer Herr und zwei Frauen, von denen eine die vermisste Heike Krause ist, was man aber wegen der unscharfen Aufnahme nur erkennt, wenn man es weiß. Zudem besteht die Sequenz aus wenigen Bildern pro Sekunde, was für die Überwachung eines Geldautomaten durchaus ausreicht.

»Viel kann man aber nicht erkennen, Tobias!«, bemängelt Donner die schlechte Qualität der Videoaufnahme.

Die Schülerin scheint hektisch in ihren Taschen zu kramen. »Sie wird ihr Handy suchen, das sie am Morgen vergaß, einzustecken«, vermutet Tobias Heller, ohne auf den Protest des Chefs einzugehen. »Achtung, jetzt kommt gleich die für uns relevante Stelle, passt genau auf!«

Ein weißes Fahrzeug, dem Anschein nach ein Reisemobil, schiebt sich vor die Szene und hält an. Die an der Haltestelle wartenden Personen werden dadurch verdeckt.

»Der Fahrer ist aufgrund einer Spiegelung in der Scheibe leider nicht zu erkennen«, kommentiert Denise Malowski die Szene. »Aber dadurch, dass das Fahrzeug in einem spitzen Winkel steht, ist das hintere Nummernschild zu etwa einem Drittel zu sehen. Seht ihr?«

»Das ist total unscharf«, mokiert Donner sich erneut. »Damit können wir gar nichts anfangen!«

»Abwarten!«, weist Heller den Vorwurf zurück. Indessen fährt das mutmaßliche Reisemobil davon und an der jetzt wieder sichtbaren Haltestelle stehen nur noch zwei Leute. Heike Krause ist, wie es aussieht, in das Fahrzeug eingestiegen. Und damit endet die von der Bank zur Verfügung gestellte Aufnahme. Wegen der abgehackten Bildfolge war vom Nummernschild nicht mehr zu erkennen als zuvor.

»Besteht irgendeine Chance, die beiden Personen dort an der Haltestelle zu identifizieren?«, erkundigt sich der Kommissariatsleiter. »Es wäre ja möglich, dass sich einer von denen an das Nummernschild erinnert!«

»Das halte ich für ausgeschlossen, Chef«, schüttelt Denise den Kopf. »In den umliegenden Geschäften, in denen ich herumgefragt habe, während Tobias in der Bank war, hat auch niemand etwas gesehen.«

»Die verlangen übrigens einen richterlichen Beschluss dafür«, informiert Heller den Vorgesetzten, der sich eine Notiz darüber macht und ihn anschließend auffordernd ansieht.

»Ist was, Chef?«, tut Heller betont unschuldig.

»Wir warten alle auf die Erklärung, weshalb dieses Video für die Ermittlungen so immens wertvoll ist«, antwortet Donner ihm gefährlich leise. »Ich kenne dich, da kommt doch noch was!«

»Okay. Ich war vorhin bei unserem Computergenie in der Forensik. Dreyer hat mir zu dem Video und den Möglichkeiten einer Nachbearbeitung einen Vortrag gehalten, den ich euch hier ersparen will.«

»Weil du es nicht verstanden hast«, grinst Horst Weiland. Kollege Heller ist im Kommissariat dafür bekannt, mit hochwissenschaftlichen Erklärungen wenig anfangen zu können. Für ihn zählt nur das Ergebnis.

»Wenn du meinst ... Jedenfalls sagte er, dass man Informationen, die auf einem Bild nicht enthalten sind, mit keiner Software dieser Welt sichtbar machen könne. Mit einer Ausnahme! Wenn es um Buchstaben in Blockschrift geht, kann man mit einem speziellen Verfahren die Schrift in vielen Fällen schärfer darstellen. Das hat etwas mit statistischen Häufigkeiten von Zeichen zu tun, meinte er.«

Beiläufig bringt er per Tastendruck ein Standbild auf die Leinwand. Es zeigt den hinteren Bereich des Fahrzeugs mit dem Nummernschild in Großaufnahme, wesentlich schärfer als in der Videoaufnahme. »Die ersten beiden Zeichen sind eindeutig«, erläutert er das Bild. »Klaus gibt eine Garantie auf die Buchstabenfolge ›AW‹, da andere Kombinationen infolge der begrenzten Anzahl von Kfz-Kennzeichen nicht möglich sind. Unser Mann kommt demnach aus dem Landkreis Ahrweiler!«

»Das schränkt den Kreis der Verdächtigen ja enorm ein!«, ätzt Donner.

»Wie ihr seht, ist der nächste Buchstabe nicht vollständig«, fährt Tobias unbeirrt fort. »Es ist nur ein von links oben nach rechts unten verlaufender Strich zu erkennen. Und die einzigen Buchstaben im Alphabet, die so aussehen, sind ...«

»... das ›V‹ und das ›W‹«, ergänzt Chrissie Ohlsen den Satz. »Fehlen folglich nur ein möglicher zweiter Buchstabe und die Ziffernfolge. Und dabei können wir helfen! Oder besser gesagt, unser blitzgescheiter Schülerpraktikant. Erik?«, fordert sie den Jungen auf, seinen diesbezüglichen Gedanken vom Vormittag zu wiederholen.

»Äh, ja ...«, stottert Erik verwirrt und kramt im Gedächtnis, was die Kommissarin meinen könnte. Dann erhellt sich seine Miene: »Da war eine Notiz im Bericht der Kriminalpolizei von Bad Neuenahr-Ahrweiler«, erinnert er sich. »Ein Anwohner hatte am Abend vor dem Leichenfund bei Ahrbrück einen Kleinbus oder etwas in der Art genau dort entlangfahren sehen, wo derselbe Mann am nächsten Morgen die Tote entdeckte. Er hat sich aber nur die Ziffernfolge auf dem Kennzeichen gemerkt, weil sie seinem Geburtsdatum entsprach. Eins-Sieben-Null-Neun!«

»Wir machen umgehend eine Halterfeststellung, Chef!«, zeigt Tobias Heller sich über den überraschenden Ermittlungserfolg erfreut. »Das Fahrzeug in dem Video ist übrigens tatsächlich ein Mercedes Rondo, da ist sich Klaus hundertprozentig sicher. Ich verspeise einen Besen, wenn wir mit diesen Angaben mehr als eine Handvoll Ergebnisse erzielen!«

* * *

Eine halbe Stunde später blickt Tobias Heller
ungläubig auf das Ergebnis der Halterfeststellung,
deren Inanspruchnahme für Ermittlungsbehörden
bundesweit uneingeschränkt möglich ist. Er blin-
zelt mehrmals, wie um einen Schleier vor den
Augen wegzubekommen.

Aber das Ergebnis bleibt: Nur ein einziger Treffer!

Die Onlinerecherche bietet zwar kaum nennens-
werten Komfort - die Eingabe des Kfz-Kennzei-
chens ist das einzige Suchmerkmal - die in Frage
kommenden Buchstabenkombinationen sind aber
durchaus überschaubar: V und W, jeweils kombi-
niert mit den Buchstaben A bis Z oder alleine, und
gefolgt von den Ziffern 1709.

Das macht nach Adam Riese insgesamt vierund-
fünfzig Möglichkeiten, die er in den vergangenen
dreißig Minuten nacheinander sorgfältig in die
Suchmaske eingab. Nachdem mehr als die Hälfte
der gesuchten Nummernschilder nicht existierten,
blieben ganze vierundzwanzig Kennzeichen übrig,
wobei aber nur ein Einziges einem weißen Reisemobil mit der Typenbezeichnung Rondo von
Mercedes Benz zugeteilt wurde. Es ist auf einen
Werner Veit in Müllenbach im Landkreis Ahrweiler
zugelassen! Tobias hat von einem Ort dieses
Namens nie vorher gehört und öffnet daher Google
Maps, um danach zu suchen.

Schon der erste Blick auf die Landkarte zeigt
ihm, dass er soeben eine konkrete Spur aufgetan

hat, so heiß, dass es ihn nicht wundern würde, ginge die Stelle auf der Karte in Flammen auf, wie bei einer einstmals beliebten Westernserie im Fernsehen.

»Wir haben ihn, Denise!«, unterrichtet er endlich seine Partnerin, die seit ihrer Rückkehr von der Fallbesprechung wild auf ihrer Computertastatur herumhackt. Schlagartig bricht das Tastaturgeklapper ab und Tobias teilt ihr das Ergebnis seiner Recherche mit.

»Am liebsten würde ich auf der Stelle dorthin aufbrechen und den Kerl in die Mangel nehmen!«, entfährt es ihm anschließend. »Falls er sich dort überhaupt derzeit aufhält, was leider zu bezweifeln ist. Aber eine Durchsuchung seiner Wohnung würde mir fürs Erste schon reichen!«

»Du weißt, dass das nicht geht, Tobi! Wir haben in Rheinland-Pfalz keine Polizeigewalt und sind auf die Unterstützung der dortigen Behörden angewiesen.« Sie lächelt verschmitzt. »Wie gut, dass ich in der Zwischenzeit eine Zusammenfassung der neuesten Fakten erstellt habe, einschließlich der von Horst angefertigten Powerpoint-Präsentation, der Videoaufnahme aus der Bank und des von der Forensik bearbeiteten Fotos mit dem Nummernschild. Wir werden es dringend benötigen, wenn wir etwas erreichen wollen!«

»Worauf warten wir dann? Auf zum Büro der Staatsanwaltschaft!«

»Gib mir eine Minute, ich muss das noch um dein Ergebnis der Halterfeststellung ergänzen«, bittet Denise und widmet sich wieder ihrer Tastatur. Sie ist perfekt darin, besser als Tobias, der eher eine Zwei-Finger-Technik beherrscht. Nach weiteren fünf Minuten zieht sie einen USB-Stick aus dem PC und steckt ihn ein. »Gehen wir!«, fordert sie Tobias auf.

* * *

Staatsanwalt Dr. René Stein hört sich den Vortrag der beiden Hauptkommissare in aller Ruhe an und ohne sie ein einziges Mal zu unterbrechen, wobei sich seine Miene aber mehr und mehr umwölkt. »Geben Sie mir bitte den USB-Stick, Frau Malowski«, bittet er dann scheinbar emotionslos und streckt fordernd die Hand danach aus.

Die von Denise erstellte Präsentation ist nur wenige Minuten lang, umfasst aber alle Fakten über den Serientäter, angefangen mit der Übereinstimmung der DNA mit dem Trierer Fall, über die auffällig ähnlich gelagerten Mordfälle in anderen Bezirken, bis hin zur begründeten Vermutung über Name und Wohnsitz des Täters. Steins Miene verfinstert sich mit jeder Sekunde mehr und mehr, und als er endlich von seinem Computerbildschirm aufschaut, ist sein Blick ungewöhnlich ernst.

»Das ist mehr als ausreichend, einen Durchsuchungsbeschluss zu erwirken!«, äußert er sich dann, mühsam beherrscht. »Aber leider kann ich Ihnen diesbezüglich nicht weiterhelfen. Kein Richter aus Nordrhein-Westfalen ist befugt, für Wohnungen in Rheinland-Pfalz einen solchen Beschluss auszustellen. Das wissen Sie aber, nehme ich an.

Was also erhoffen Sie sich von meiner Person? Ich vermag sehr gut nachzuvollziehen, was Sie bewegt, Frau Malowski. Sie sind eine engagierte Polizistin und Mutter. Wie alt ist Leonie jetzt? Zwei Jahre? Auch ich habe eine Tochter, und sie ist im gleichen Alter wie das vermisste Mädchen. Aber ich bin nun mal nicht zuständig!«

»Wir dachten, Sie könnten beim dortigen Staatsanwalt ein Wort für uns einlegen«, eröffnet ihm Denise Malowski geradeheraus. »Der Ort, wo der mutmaßliche Täter wohnt, liegt direkt an der B257 und somit auf dem Weg, den er vermutlich zurücklegte, um seine Morde zu begehen. Die Fakten sprechen also für sich. Und es bleibt wenig Zeit. Jede Minute, die wir zögern, kann zum Tode des Mädchens führen, das er in seiner Gewalt hat!«

»Sie haben vollkommen recht«, gibt der Staatsanwalt nach einer Denkpause zu. »Mit den vorliegenden Indizien würde selbst ich nicht zögern, wegen ›Gefahr im Verzuge‹ die Wohnung ohne richterlichen Beschluss öffnen zu lassen!« Stein ist allgemein dafür bekannt, solche Maßnahmen nur zu befürworten, wenn er von deren Richtigkeit felsenfest überzeugt ist.

Er lehnt sich in seinem Sessel zurück, nur um sich nach einigen Sekunden des Nachdenkens gleich wieder nach vorne zu beugen. »Ich sage Ihnen, wie wir in dieser Sache vorgehen«, schlägt er überraschend vor. »Zufällig kenne ich den dortigen Staatsanwalt persönlich, ich rufe umgehend dort an und bitte ihn um Amtshilfe. Sie dagegen fahren unverzüglich zur Kriminalinspektion

Bad Neuenahr-Ahrweiler, das ist in einer Stunde zu schaffen.« Er schaut auf die Uhr: »Es ist jetzt 15:12 Uhr, sie werden also spätestens gegen 16:30 Uhr dort sein. Alles Weitere ergibt sich dann vor Ort. Zeigen Sie meinem Amtskollegen diese wirklich ausgezeichnete Präsentation und überzeugen Sie ihn, wie sie mich überzeugt haben. Viel Glück!«

* * *

Bad Neuenahr-Ahrweiler, 16:25 Uhr

Der Besprechungsraum des Kriminalkommissariats 1 der Kripo Bad Neuenahr-Ahrweiler ist auch nicht größer als der in Siegburg, und mit insgesamt zehn Personen ist er zu einer Zeit, wo sich normalerweise alle auf den Feierabend vorbereiten, zum Bersten gefüllt.

Neben Staatsanwalt Rolf Klein, einem drahtigen, dynamischen Enddreißiger, sind sämtliche Mitarbeiter des Kommissariats anwesend. Drei Frauen und drei Männer einschließlich des Kommissariatsleiters, einem Ersten Kriminalhauptkommissar Ferdinand Köhler.

Hinzu kommen Tobias Heller, Denise Malowski und Christina Ohlsen, die sie auf ihr Drängen mitgenommen haben. Sofern man hier die erhoffte Unterstützung erhalten sollte, wird es für alle ein langer Tag werden, zwei weitere Augen sind bei der geplanten Hausdurchsuchung daher hochwillkommen. Denise Malowski und Tobias Heller waren aus diesem Grund nur zu gern bereit, dem Wunsch der Kommissarin zu entsprechen.

»Wir wollen keine unnötige Zeit verplempern«, erhebt der Staatsanwalt seine Stimme. »Sofern die von unseren Siegburger Kollegen mitgebrachten Unterlagen nur ansatzweise halten, was ich mir nach dem Telefonat mit Staatsanwalt Stein davon verspreche, werde ich gleich im Anschluss an dieses Meeting höchstpersönlich die Hausdurchsuchung in Müllenbach anführen! Sie können dann beginnen«, fordert er Tobias Heller auf, der den USB-Stick mit der Präsentation griffbereit vor sich liegen hat.

Statt einer Leinwand mit Beamer gibt es hier einen riesigen Flachbildschirm an der Wand. Tobias steckt den Stick in den damit verbundenen Computer und ruft die darauf befindliche Datei auf. »Bevor ich euch die Fakten vorführe«, richtet er sich an die Versammlung, »will ich kurz erläutern, wie es überhaupt dazu kam, dass wir heute hier sind.«

Anschließend fasst er die Ermittlungsergebnisse der letzten zehn Tage in einem fünfminütigen Vortrag zusammen, vom Leichenfund an der Wahnbachtalsperre, über den unaufgeklärten Mord ein Jahr zuvor in Trier, bis hin zu den Vermutungen über das Fahrzeug des mutmaßlichen Täters. »Urteilt am besten selbst«, schließt er seinen Bericht ab und aktiviert mit einem Tastendruck die Präsentation. Sie wurde von Denise in einer selbsterklärenden Form erstellt, sodass begleitende Worte überflüssig sind.

* * *

»Ich bin schwer beeindruckt«, bekundet eine große blonde Frau gleich Heller gegenüber, nachdem die Vorführung beendet ist. Sie wurde ihnen als Kriminaloberkommissarin Frieda Herrmann vorgestellt. »Wie habt ihr das alles in so kurzer Zeit herausbekommen? War das nicht erst gestern Vormittag, dass euer Oberkommissar Müller deswegen bei mir anrief?«

»Das meiste davon geht auf die Kappe von Kommissarin Ohlsen hier«, zeigt Heller auf seine Kollegin neben ihm. »Sie hatte die Idee mit den Telefonaten bezüglich unaufgeklärter Morde und ist maßgeblich verantwortlich für die Aufbereitung der Daten.«

»Was mich angeht, haben Sie mich in vollem Umfang überzeugt!«, meldet sich der Staatsanwalt wieder zu Wort. »Es geht hier um ein Menschenleben, ich erkläre daher hiermit ausdrücklich, dass Gefahr im Verzuge ist, was juristisch eine Hausdurchsuchung ohne vorherigen Gerichtsbeschluss rechtfertigt. Wir brechen unverzüglich nach Müllenbach auf! Herr Erster Hauptkommissar?«, fordert er den Chef der Truppe auf, sich dazu zu äußern.

»Frieda, Gerhard und Heiner ... ihr drei fahrt mit dem Staatsanwalt und den Siegburger Kollegen!«, stellt Kommissariatsleiter Köhler die Mannschaft zusammen. »Das sollte reichen. Hauptkommissar Heiner Gruber ist ein wahres Genie, wenn es gilt, Türen ohne Schlüssel zu öffnen«, erklärt er Tobias, Denise und Chrissie. »Oberkommissar Gerhard Zoller knackt euch jeden Computer und Oberkommissarin Frieda Herrmann kommt mit, weil sie an dem Mordfall dort unten an der B257 dran ist. Wenn ihr euch beeilt, könnt ihr in einer Stunde dort sein.«

* * *

Müllenbach, Nähe Nürburgring, 18:32 Uhr

Die Hausnummer 12 in der Straße ›Rosengarten‹ liegt friedlich vor dem Konvoi aus fünf Fahrzeugen, die, wie auf einer Perlenschnur aufgereiht, davor Aufstellung nehmen. Neben den zwei Autos der Kripo Bad Neuenahr-Ahrweiler mit Gruber, Zoller, Herrmann und Staatsanwalt Klein an Bord und dem Wagen der Siegburger sind zwei Einsatzfahrzeuge der Schutzpolizei mit von der Partie. Ein Reisemobil wie das Gesuchte ist weit und breit nicht auszumachen, und an den Fenstern im Erdgeschoss sind die Jalousien herabgelassen. Die Behausung des Tatverdächtigen Werner Veit ist offenbar, wie vermutet, derzeit verwaist.

Wie ein gut geöltes Uhrwerk läuft die Aktion ab. Nahezu gleichzeitig verlassen die Kollegen aus Bad Neuenahr-Ahrweiler die Fahrzeuge und nehmen Aufstellung vor dem Zweifamilienhaus. Tobias Heller winkt seine Kolleginnen zu sich und weist stumm auf das Grundstück. Beide wissen sofort, um was es geht und folgen ihm auf einem schmalen Pfad hinter das Haus. Für den Fall, dass es einen Hinterausgang gibt oder der Tatverdächtige durch ein Fenster zu flüchten versucht.

Auf der Vorderseite öffnet Hauptkommissar Gruber mit einem Spezialgerät innerhalb von Sekunden die Eingangstür, nachdem ein mehrmaliges Klingeln erfolglos blieb. Offenbar sind er und seine Kollegen ein eingespieltes Team, die Vorgehensweise beim Betreten der Wohnung ist auf jeden Fall vorbildlich: Sich gegenseitig Deckung gebend, haben die Beamten die insgesamt vier Räume innerhalb weniger Minuten gesichert. »Hier ist niemand!«, meldet Heiner Gruber dem Team, worauf Frieda Herrmann die hinter dem Haus postierten Kollegen der Kripo Siegburg und den Staatsanwalt herbeiruft. Aufatmend betreten Rolf Klein, Tobias Heller, Denise Malowski und Christina Ohlsen das Haus. Die vier Kollegen der Schutzpolizei bleiben in ihren Fahrzeugen sitzen. Für den Fall, dass der Wohnungsinhaber doch noch überraschend auftauchen sollte.

Christina Ohlsen fällt sofort die überall herrschende penible Ordnung auf. »Entweder räumt der dauernd hinter sich auf, oder er ist nie lange genug hier, um Unordnung zu verbreiten«, macht sie ihre Kollegen darauf aufmerksam. Denise Malowski und Tobias Heller befassen sich derweil mit dem Inhalt des Wohnzimmerschranks, in dem mehrere Aktenordner zum Stöbern einladen. Abgelegte Dokumente sind für polizeiliche Ermittlungen immer von Interesse. Sie geben viel mehr über eine Person preis, als so mancher ahnt.

Heiner Gruber und Frieda Herrmann verteilen sich auf die übrigen Zimmer und suchen nach verdächtigen Gegenständen oder sonstigen Hinweisen. Der Staatsanwalt schlendert von Raum zu Raum und schaut den Ermittlern über die Schultern, vornehmlich um die Rechtmäßigkeit der Operation zu überwachen.

In einem kleineren Zimmer mit Schreibtisch und Computer macht sich Oberkommissar Zoller unverzüglich über den Rechner her, den er unter Verwendung eines mitgebrachten Bootsticks hochfährt, ohne ein Passwort eingeben zu müssen. »Dieser Amateur hat nicht einmal die Festplatte verschlüsselt, von einem Bios-Kennwort ganz zu schweigen«, schüttelt er verständnislos den Kopf und reibt sich vergnügt die Hände. »Na, dann wollen wir mal ...!«

* * *

»Hier!« Denise hält Tobias eine Art Prospekt vor die Nase. »Das habe ich in einem ungeordneten Stapel von Papieren gefunden.«

»Und was ist daran so besonders?«, erkundigt Heller sich und greift nach dem dargebotenen Flyer. »Hm. Eine Firma, die Ferienhäuser vermietet«, erkennt er, nachdem er den Prospekt kurz studiert hat. »Küpper Ferienwohnungen ... die sind in Nürburg beheimatet, das ist doch gleich hier um die Ecke ...«, grübelt er.

»Küpper Ferienwohnungen?«, wird Chrissie Ohlsen aufmerksam, die in den Aktenordnern blättert. »Veit ist bei einer Firma mit diesem Namen beschäftigt«, informiert sie die Kollegen. »Ich habe hier den Arbeitsvertrag und diverse Lohnabrechnungen.«

»Die bieten Ferienhäuser in Nordrhein-Westfalen und Rheinland-Pfalz an«, bemerkt Denise und betont jedes einzelne Wort. »Und zwar *abgelegene*

Häuser weit vom Schuss, wie aus dem Prospekt hervorgeht!«

»Und du meinst ...? Das haben wir gleich!« Heller zückt sein Diensthandy und wählt sorgfältig die im Prospekt angegebene Telefonnummer. Nach mehrmaligem Läuten ist aber nur eine Bandansage zu hören. »Geschäftszeiten!«, beschwert er sich und beendet die Verbindung. »Das Büro ist schon geschlossen, wir müssen bis morgen früh warten, wenn wir etwas von denen erfahren wollen.«

Er gibt Denise den Prospekt zurück, den sie in die Tasche steckt. »Die haben eine Website, die wir uns unbedingt anschauen sollten. Ich wette, wenn wir eine komplette Liste hätten, würden wir überall, wo ein Mord geschah, solche abgelegenen Häuser finden, auf die der Kerl Zugriff hatte. Wir haben das gemeinsame Element gefunden!«, behauptet sie mit leuchtenden Augen.

»Kommt ihr mal rüber?«, ruft in diesem Augenblick Zoller aus dem Arbeitszimmer. »Ich hab da was für euch!«

Keine zehn Sekunden später stehen alle um den Schreibtisch herum und starren erschüttert auf die Abbildungen junger Frauen auf dem Computermonitor. Es handelt sich um die schon bekannten Opfer des gesuchten Mörders. Und um einige mehr! Alle sind an Händen und Füßen gefesselt und haben die Augen angstvoll aufgerissen.

»Nehmt alles mit, was ihr tragen könnt!«, übernimmt der Staatsanwalt das Kommando. »Wir haben hier unumstößliche Beweise, die Werner

Veit mit den Morden in Verbindung bringen! Die Wohnung wird versiegelt und Veit bundesweit zur Fahndung ausgeschrieben! Das war ausgezeichnete Ermittlungsarbeit!«, wendet er sich beeindruckt an Malowski, Heller und Ohlsen. »Ich lasse einen der beiden Streifenwagen für den Fall hier, dass Veit den Schneid hat, hier aufzutauchen!«

Er schaut sie mit ernster Miene der Reihe nach an. »Auf uns hier in Rheinland-Pfalz wartet ein Riesenberg Arbeit, denn wie ich das sehe, wurden die meisten Morde hier verübt. Es gilt jetzt, die Namen der Opfer herauszufinden, Angehörige ausfindig zu machen, und so weiter.«

»Was dagegen, wenn wir uns aus seiner Wäschetruhe bedienen?«, fragt Tobias Heller den Staatsanwalt. »Spürhunde brachten uns immerhin zweimal in diesem vertrackten Fall wichtige Hinweise. Wer weiß, ob wir nicht ein drittes Mal Glück haben.«

»Das ist ein vortrefflicher Gedanke, nehmen Sie mit, was Sie benötigen. Finden Sie den Mann, Herr Heller. Und vor allem: Retten Sie die junge Frau!«

»Seht zu, was ihr an getragener Wäsche findet«, bittet Tobias seine Kolleginnen. »Und dann nichts wie ab nach Hause, es wird Zeit, dass Heike zu ihrer Oma zurückkehrt. Und wir haben einen Mörder hinter Schloss und Riegel zu bringen! Es war für uns alle ein langer Tag, versuchen wir, noch eine Mütze Schlaf zu bekommen. Morgen früh geht es in die nächste Runde, und die geht an uns!«

ELF

Am Tag zuvor, Mittwoch, 5. September, 14:02 Uhr

Heike Krause kramt panisch in ihrer Schulta-
sche, nachdem das Handy in keiner ihrer Hosen-
taschen steckte. Aber auch zwischen den Büchern
und Heften ist das Teil nicht zu finden. »Ich werde
es doch nicht in der Klasse vergessen haben?«, murmelt sie vor sich hin und will sich schon abwenden,
um noch einmal zurückzugehen und nachzu-
schauen.

In wenigen Minuten kommt zwar ihr Bus, aber
das Handy braucht sie unbedingt, denn morgen
schreiben sie eine Mathearbeit und in dem Telefon
sind alle ihre Kontakte gespeichert. Es wird für die
Vorbereitung auf die Klausur garantiert notwendig
sein, nachher die eine oder andere Freundin anzu-
rufen, um etwas zu fragen.

In diesem Augenblick fällt ein Schatten auf die
Haltestelle und sie wendet sich in der Annahme,
der Bus wäre schon da, wieder um. Vor ihr steht
aber kein öffentliches Verkehrsmittel, sondern eine
Art Wohnmobil und der Fahrer beugt sich soeben
herüber und öffnet die Beifahrertür. Ein alter Sack,
mindestens fünfzig Jahre alt und kahlköpfig, winkt
sie zu sich heran. Auf dem Beifahrersitz liegt eine
aufgefaltete Straßenkarte.

»Ob Sie mir wohl freundlicherweise helfen würden?«, ruft der Mann ihr vom Fahrersitz zu. Die

Stimme klingt für seinen massigen Körperbau geradezu grotesk hoch. »Ich fürchte, ich habe mich verfahren ...«

»In zehn Minuten kommt der Bus!«, informiert Heike den Mann vorsorglich, weil er mit seinem Gefährt die Haltebucht blockiert.

»Ach, bis dahin sind wir ... äh, bin ich längst weg. Bitte! Ich muss nur wissen, wo ich hier bin«, bettelt der Mann und wirkt in diesem Moment tatsächlich hilflos auf die junge Frau. »Ich bin, was das Lesen von Straßenkarten angeht, eine völlige Niete, müssen Sie wissen!«

»In Ordnung. Aber nur für zwei Minuten«, gibt Heike nach und steigt kurz entschlossen zu dem Mann in den Wohnwagen. Der nimmt mit einem dankbaren Lächeln geschwind den Stadtplan vom Beifahrersitz und geht damit nach hinten in den Wohnbereich.

»Was machen Sie denn da?«, wundert sich die hilfsbereite Schülerin.

»Kommen Sie, junge Frau! Hier am Tisch ist das mit dem Plan doch wesentlich entspannter. Dauert nur eine Minute. Hier, schauen Sie«, bittet er sie, als sie herangetreten ist und sich über den Stadtplan beugt. »Zeigen Sie mir bitte auf der Karte, wo ich hier bin?«

»Einen Moment!« Heike Krause fährt mit dem Finger eine bekannte Straße ab, um sich zu orientieren. »Ah, jetzt hab ich es. Wir sind genau ...« Im selben Augenblick presst der Mann ihr ein Gerät von der Größe einer Zigarettenschachtel in den Nacken und betätigt den Auslöser. 250.000 Volt fahren durch ihren Körper und lassen sie auf der Stelle zusammenbrechen. Konvulsivisch zuckend liegt sie hilflos auf dem Boden, bis ihr ein stinkender Lappen auf Mund und Nase gepresst wird. Dann wird es dunkel.

* * *

Irgendwann später, Zeit und Ort unbekannt

Das Mädchen wälzt sich unruhig hin und her, während es die Reste eines grässlichen Albtraums abzuschütteln versucht. Endlich ist die junge Frau halbwegs bei Bewusstsein und es gelingt ihr, die Augen zu öffnen.

Es herrscht eine wahrhaft ägyptische Finsternis, nicht der kleinste Lichtschimmer ist zu sehen. Verwundert starrt sie in die umfassende Schwärze um sich herum. Ihr Schlafzimmerfenster hat keine Jalousien, daher ist es selbst in der Nacht niemals völlig dunkel im Raum. Ihre Glieder schmerzen, als habe sie einen Marathon im Fitnesscenter hinter sich.

Was ist hier los? Das ist nicht mein Schlafzimmer!

Dass sie an Händen und Füßen gefesselt ist, erkennt sie erst, als sie sich an den schmerzenden Schädel fassen will. Schlagartig fällt ihr alles wieder ein. Das Wohnmobil! Ihr Herz scheint plötzlich stillzustehen und sie atmet stoßweise, droht zu hyperventilieren.

Ganz ruhig, Heike! Keine Panik! Es muss eine Lösung für dieses ... Missgeschick ... geben!

Nach und nach bekommt sie ihre Atmung wieder in den Griff und nachdem die erste Panikattacke abgeklungen ist, setzt sich langsam eine vorher nie gekannte nüchterne Betrachtungsweise in ihrem Denken durch. Dass sie in der Gewalt eines Irren ist, lässt sich nicht mehr rückgängig machen, überlegt sie.

Das Gebot der Stunde lautet daher: Wo bin ich, und wie komme ich hier wieder fort!

Erst jetzt fällt ihr der modrige Geruch auf, der in der Luft liegt. Wie nach feuchtem Laub oder so. Plötzlich schreckt sie auf. War da nicht ein Rascheln? Heike hält den Atem an und lauscht konzentriert. Aber das Geräusch, so es denn eines gab, wiederholt sich nicht.

Hoffentlich sind hier keine Ratten. Oder Schlimmeres ...

Außerhalb ihres Gefängnisses, das offenbar eine Art hölzerner Verschlag ist, herrscht eine geradezu unnatürliche Stille. Nein, nicht ganz! Zwitschern da nicht, kaum vernehmbar durch die Bretterwand, Vögel in der Ferne?

Es muss Tag sein! Und es sind Bäume in der Nähe. Bin ich im Wald?

Okay, denk nach Heike! Du verspürst weder Hunger noch Durst, du kannst daher nicht wesentlich länger als ein paar Stunden hier liegen. Es war kurz nach 14:00 Uhr, als der Kerl dich überwältigte. Es ist derselbe Tag, und ich schätze, es ist maximal etwa 18:00 Uhr. Wäre es später, würde ich erheblich mehr Vogelgezwitscher hören, weil die dann ihr Abendkon-

zert veranstalten. Und es bedeutet, dass dieses miese Schwein sich womöglich erst morgen früh wieder blicken lässt!

Zu allem entschlossen, versucht Heike Krause, durch Reißen und Drehen ihre Handfesseln zu lockern. Sie hat hoffentlich eine ganze Nacht Zeit dafür.

* * *

Vermutlich Freitag, 7. September, gegen Mittag

Heike Krause durchlebte in den vergangenen Stunden ... oder Tagen? ... alle emotionalen Stadien einer Gefangenschaft: Auf Entsetzen folgte Ernüchterung, dann Hoffnung, und schließlich Verzweiflung. Jetzt, nach vermutlich zwei Tagen und Nächten ist ihr seelischer und körperlicher Zustand bestenfalls mit apathisch und erschöpft zu beschreiben.

Nachdem sie schon kurz nach ihrem ersten Aufwachen am späten Mittwochnachmittag feststellte, dass der Mann ihr alles bis auf die Unterwäsche abgenommen hatte, ist der einzige Taktgeber für ihr völlig aus dem Ruder gelaufenes Zeitgefühl das morgendliche und abendliche Gezwitscher der Singvögel in den offenbar nahen Bäumen.

Demzufolge müsste es Freitag sein, höchstwahrscheinlich um die Mittagszeit. Das Einzige, was sie sicher weiß, ist, dass der hölzerne Verschlag, in dem sie sich befindet, etwa zwei auf zwei Meter misst. Das konnte sie durch Herumrutschen und Abtasten der Wände in etwa abschätzen. Eine Tür war trotz aller Bemühungen nicht auszumachen. In sitzender Position, die aber auf die Dauer anstrengend ist, weil sie sich mit den gefesselten Händen nicht abstützen kann, ist die Decke über ihr mit ausgestreckten Armen zu erreichen. Sonderlich hoch ist ihr Gefängnis demnach nicht.

Der Mann, dem sie ihre missliche Lage zu verdanken hat, ließ sich nicht wieder blicken, sodass sie jetzt, nach zwei vollen Tagen ohne Nahrung und Wasser, vollkommen erschöpft ist. Ihre vergeblichen Bemühungen, die Fesseln zu lösen, gab sie schon gestern auf. Vor allem, weil ihr die Kraft ausgegangen war. Das Einzige, was die Aktion ihr einbrachte, sind wundgescheuerte und entzündete Handgelenke, die seit Stunden höllisch schmerzen.

Ich werde hier drin verhungern und verdursten. Wie lange kann ein Mensch eigentlich ohne Wasser auskommen? Zwei Tage? Drei Tage? Was ist, wenn der Kerl nicht wieder auftaucht? Ob ihm etwas zugestoßen ist? Dann werde ich hier drin vermodern.

Die Gedanken quälen sich zäh durch ihre ausgetrockneten Gehirnwindungen. Die trockene Zunge klebt ihr am Gaumen und das Schlucken bereitet ihr Schmerzen. Mehrfach hatte sie in den vergangenen Stunden das Bewusstsein verloren, daher kann sie nicht mit Sicherheit sagen, ob es tatsächlich erst Freitagmittag ist, oder in Wahrheit schon Abend. Aber wenn, dann vor Sonnenuntergang, weil bislang keine Vögel zu hören waren.

Plötzlich zerreißt ein Geräusch die unheimliche Stille. Erst weiß sie nichts damit anzufangen, aber dann dämmert ihr die Erkenntnis: *Ein Auto! Da ist ein Auto vorgefahren! Ob da Hilfe im Anmarsch ist?*

Ein Hund bellt. *Ist das die Polizei, die mit Spürhunden nach mir sucht?* Sie will sich bemerkbar machen, aber nur ein Röcheln entringt sich ihrer ausgetrockneten Kehle.

Sie kann Schritte hören. Schnelle Schritte. *Da kommt jemand!* Ihr Herz beginnt wie rasend zu schlagen.

Als sich wenig später die Klappe über ihrem Kopf hebt, wird ihr zweierlei bewusst: Es ist heller Tag und sie liegt offenbar in einem dieser Behälter, wie man sie im Wald oft für Holz- und Laubabfälle findet. Gegen die gleißende Helligkeit, die nach Tagen der Dunkelheit in ihren Augen schmerzt, kann sie aber nur einen verschwommenen Schatten erkennen.

ZWÖLF

Freitag, 7. September, 7:26 Uhr

Nach einer kurzen Nacht haben sich Denise und Tobias verabredungsgemäß etwas früher als sonst im Kommissariat eingefunden. Chrissie und Wolfgang sind ebenfalls schon anwesend und leisten den beiden Gesellschaft, jeder einen großen Becher Kaffee in der Hand. Alle warten auf Donner, der normalerweise morgens der Erste im Kommissariat ist. Dass die komplette Mannschaft vor ihm anwesend ist, ist noch niemals zuvor vorgekommen.

Kollege Horst Weiland steckt den Kopf zur Tür herein: »Ihr seid ja heute früh dran!«, wundert er sich in bester Laune. Kein Wunder, ist er doch der einzige Ausgeschlafene in der Runde, Wolfgang Müller hatte nämlich ebenfalls keine Ruhe, bis seine Freundin spät am Abend nach Hause kam. »Liegt denn was Besonderes an?«

»Wir finden Heike Krause und bringen sie nach Hause!«, klärt Tobias Heller ihn auf.

»Klingt nach einem guten Plan!« Weiland gesellt sich ebenfalls zu der Runde und greift sich einen Kaffeebecher.

»Es wäre einer, wenn wir wüssten, wo wir suchen sollen«, bemerkt Denise Malowski dazu und nimmt einen großen Schluck aus ihrer Tasse. »Wir haben aber eine vielversprechende Spur, glaube ich!«

Sie zeigt ihm den Prospekt, den sie gestern aus Veits Wohnung mitgenommen hat. »Die Firma hat ihren Sitz in Nürburg und besitzt offenbar eine Anzahl Ferienhäuser der einfachen Kategorie im Umkreis ihrer Zentrale. Der Radius beträgt etwa achtzig Kilometer. Wenn ich das richtig sehe, gibt es zusätzlich in einigen größeren Städten Filialen, die für die Instandhaltung der Objekte verantwortlich sind. Und für die Übergabe an die Mieter.«

»Wir haben herausgefunden, dass Werner Veit für die arbeitet«, fährt Tobias Heller fort. »Möglicherweise im Außendienst. Auf seinem Computer haben wir Fotoserien entdeckt, die allesamt die uns bekannten Opfer zeigen. Und noch einige mehr. Er ist definitiv unser Mann!«

»Wie es aussieht, findet dieses perverse Schwein Gefallen daran, seine Opfer nicht nur zu misshandeln, sondern dies auch noch in allen Einzelheiten zu dokumentieren«, entrüstet sich Christina Ohlsen. »Wir müssen ihn stoppen!«

»Das werden wir, Chrissie. Sein Weg ist hier zu Ende, dafür sorgen wir. Und wenn es das Letzte ist, das ich tue!« Denise gibt sich kämpferisch. »Und deshalb ist unsere erste Maßnahme, eine Liste aller Ferienhäuser zu erstellen, die in der Nähe der Leichenfunde liegen. Nehmt euch den Flyer vor und schaut auf deren Homepage nach.«

»Wir benötigen zudem eine aktuelle Belegungsliste und die Daten, an denen die Wohnungen frei waren«, präzisiert Tobias. »Wir gehen davon aus, dass Veit die in der Nähe seiner Taten befindlichen Häuser dazu benutzte, die Opfer ›zwischenzulagern‹, bevor er sie tötete. Und auf dem Weg zum nächsten Ort legte er die Leichen unterwegs an abgelegenen Stellen ab. So sehe ich das! Konzentriert euch bei eurer Suche aber zunächst auf die Häuser in der Nähe der Talsperre, dort finden wir hoffentlich Heike Krause. Wir haben keine Zeit zu verlieren!«

»Tobias und ich rufen direkt bei der Firma an und lassen uns so viele Details nennen, wie sie bereit sind, uns zu geben«, schließt Denise das Briefing ab und ihrem Tonfall ist zu entnehmen, dass sie eine Absage nicht akzeptieren wird. Nicht dieses Mal! »Teambesprechung mit ersten Ergebnissen in einer Stunde!«

* * *

»... ich habe keinen richterlichen Beschluss, wie oft soll ich es Ihnen denn sagen? Soll ich es buchstabieren?« Denise Malowski ist im Verlaufe des bisher wenig ergiebigen Telefonats immer lauter geworden, weil sich ihr Gespräch mit einer Mitarbeiterin der Firma Küpper seit Minuten im Kreis bewegt.

»Einen Beschluss benötige für die gewünschte Auskunft nicht ... ... Ich will ja keine Namen, sondern die Belegungspläne für Ihre Immobilien der letzten zwölf Monate ... ... Die legen Sie dem Finanzamt bei einer Steuerprüfung doch ebenfalls vor, oder irre ich mich? ... ... In Ordnung, Sie hören von mir!« Denise knallt den Telefonhörer gefrustet dermaßen heftig auf den Telefonapparat, dass es in dem Gerät verdächtig knirscht.

Tobias Heller unterbricht seine Tätigkeit, die im Wesentlichen darin besteht, die Standorte der von der Firma Küpper auf ihrer Homepage gelisteten und von den Kollegen in der Zwischenzeit zusammengesuchten Ferienwohnungen auf einer Karte zu markieren. Als Grundlage dient ihm die von Horst Weiland erstellte Präsentation.

»Sieht nicht so aus, als hättest du bekommen, was du wolltest«, vermutet er und greift, als Denise nur stumm dazu nickt, zu seinem Telefon. »Na, dann ziehen wir doch unseren ersten Joker!«, zwinkert er der gefrusteten Kollegin zu und wählt eine Nummer. »Herr Doktor Klein? Hauptkommissar Heller, Kripo Siegburg. Wir benötigen noch einmal Ihre Hilfe!«, meldet er sich und erklärt dem Staatsanwalt aus Bad Neuenahr-Ahrweiler anschließend ihr Problem.

»Sie kümmern sich darum? ... ... Haben Sie vielen Dank! Klein wird persönlich bei deiner renitenten Firma anrufen und die Sache klären«, informiert er Denise, nachdem er den Hörer aufgelegt hat. »Ich wette, es vergehen keine zehn Minuten, bis die hier anrufen, so klein mit Hut!« Mit Daumen und Zeigefinger deutet er einen winzigen Spalt an und setzt in bester Laune seine Arbeit fort.

»Uns läuft die Zeit davon, und dann verschanzen sich solche Leute hinter irgendwelchen obskuren Vorschriften!«, brummt Denise missmutig. »Als wäre unsere Arbeit nicht schon schwierig genug!«

Tobias hält erneut in seiner Tätigkeit inne. »Hey, wir schnappen den Kerl, okay? Wir haben die beste Mannschaft, die dafür notwendig ist, Denise! Veit hat Fehler begangen und er wird wieder welche machen. Und wir sind an ihm dran.« Er blickt auf die Uhr. »Es ist gleich Zeit für die Besprechung, wir werden sie um ein paar Minuten verschieben müssen.« In diesem Augenblick klingelt das Telefon.

* * *

»Die Firma Küpper aus Nürburg verweigerte uns leider zunächst jegliche Kooperation bezüglich der Adressen ihrer Ferienhäuser, Chef«, informiert Tobias Heller Kommissariatsleiter Donner und die Kollegen zu Beginn seiner Darbietung. »Staatsanwalt Klein aus Bad Neuenahr-Ahrweiler machte ihnen auf unsere Bitte hin aber Feuer unter dem Hintern und sie sind jetzt bereit, uns die geforderten Informationen zu geben. Es wird aber eine Weile dauern, bis wir die Listen haben. So lange müssen wir eben improvisieren. Vor allem haben wir jetzt keine Kenntnis darüber, zu welchen Zeiten die Häuser vermietet waren beziehungsweise leerstanden.«

»Sind diese Angaben denn wichtig für uns?«, will Donner sofort wissen. Schließlich geht es in erster Linie darum, die Schülerin Heike Krause zu finden, und das nach Möglichkeit lebend.

»Zunächst nur, um einen Zusammenhang mit den Morden herzustellen«, erläutert Tobias. »Veits Beteiligung an den Taten ist durch die belastenden Fotos auf seinem Computer nahezu bewiesen. Sollten die Kollegen aus Rheinland-Pfalz in der Wohnung übereinstimmende DNA von ihm finden, ist er praktisch überführt.«

»Du hast eine Frage, Erik?«, unterbricht Donner Hellers Redefluss, weil am Ende des Tisches eine Hand zaghaft in die Höhe gehalten wird. Die seines Neffen.

»Ja ... also ...«, beginnt der Junge zögernd. »Ich verstehe nicht, warum ihr hier in Seelenruhe herumdiskutiert, statt nach Heike zu suchen! Sie ist doch in Gefahr, oder habe ich da was falsch verstanden?«

»Nein, mein Junge, das hast du nicht!« Donners Stimme hat einen ungewohnt sanften Tonfall angenommen. »Ich kann verstehen, dass dir das nahegeht, Erik. Heike ist in deinem Alter und besucht sogar dieselbe Schule. Aber wir werden ihr nicht helfen, wenn wir wie aufgescheuchte Hühner kopflos herumlaufen! Ich habe vollstes Vertrauen in die Fähigkeiten meiner Leute, und deshalb bin ich felsenfest davon überzeugt, dass sie den Aufenthaltsort von Heike herausfinden. Und dann holen wir sie, darauf gebe ich dir mein Wort!«

»Wo Veit ist, muss doch auch das Mädchen sein!«, lässt Erik nicht locker. »Warum orten wir dann nicht einfach *sein* Handy?«

»Ja, weshalb eigentlich nicht, Tobias?«, gibt Donner die Frage mit einem Stirnrunzeln an seinen Ermittler weiter.

»Sagte ich das nicht? Wir haben die Handynummer erst seit gestern, und zwar aus den persönlichen Unterlagen in Veits Wohnung. Darum kümmern sich aber schon die Kollegen aus Rheinland-Pfalz. Auch um den notwendigen Gerichtsbeschluss. Bis ein Ergebnis vorliegt, können aber mehrere Tage vergehen, und durch eine Passiv-Ortung erfahren wir ja ohnehin nicht den aktuellen Standort. Außerdem ist das in Frage kommende Gebiet riesig. Bei dem Handy von Simone Wichmann war das etwas anderes, da gab es einen Ausgangspunkt und einen vermuteten Richtungsvektor. Wir hatten genau genommen unverschämtes Glück, dass unsere Vermutung tatsächlich zutraf. Das ist hier nicht der Fall, Veit müsste schon direkt mit uns telefonieren, damit wir das Signal in Echtzeit verfolgen können!«

»Okay, das klingt plausibel. Wir bleiben aber trotzdem dran!«

»Klar, Chef. Kommen wir aber zum Thema zurück. Ich habe der Einfachheit halber die Orte auf Horsts Präsentation des Opferwegs um die Standorte der Ferienhäuser ergänzt, die sich jeweils in der Nähe eines Leichenfundes befinden«, zeigt Tobias auf die Leinwand mit der Projektion einer Landkarte. »Das ist nicht unwichtig für die Ermittlung des Aufenthaltes des Mädchens, wie ihr gleich sehen werdet.«

»Werner Veit ist für die Firma Küpper im Außendienst tätig und klappert in den Sommermonaten die Häuser ab, um sie zu inspizieren und für die Übergabe an die Mieter vorzubereiten«, fügt Denise Malowski an. »Das ist aber bislang eine reine Vermutung, Chef. Bei der Firma nachgefragt haben wir nicht, es wäre ja möglich, dass die da mit drin hängen.«

»Wenn auch nicht sehr wahrscheinlich«, fährt Tobias Heller fort und schaltet die Präsentation weiter. Auf der Leinwand erscheinen mehrere Markierungen, jede Einzelne in wenigen Kilometern Abstand zu einem der Fähnchen, die einen Leichenfund markieren. »Ich denke, das sagt alles!«

»Die Opfer wurden in sämtlichen uns bekannten Fällen in einer Entfernung von weniger als fünf Kilometern von einem der Ferienhäuser gefunden!«, erkennt Donner das charakteristische Schema sofort. »Und wo in diesem Radius zur Wahnbachtalsperre war deiner Meinung nach Simone Wichmann untergebracht? Und, was momentan extrem dringender ist: Wo ist Heike Krause?«

»Damit hätten wir gleich unser erstes Problem!«, bekennt Tobias Heller. »Das hier«, und auf der Leinwand erscheint eine Markierung oberhalb der Talsperre, »ist die letzte uns bekannte Immobilie der Firma Küpper in dieser Richtung. Und da Heike bislang nicht gefunden wurde, haben wir demzufolge keinen Plan, wo er sie zwischenzeitlich untergebracht haben könnte. Uns bleibt daher nur, es an derselben Stelle zu versuchen, wo Simone Wichmann vermutlich gewesen ist: In einem abgelegenen Haus in der Nähe der Ortschaft Busch, die zu Neunkirchen-Seelscheid gehört. Vier Kilometer nördlich der Talsperre!«

Tobias zeigt mit dem Laserpointer auf die Stelle, wo Simone Wichmann gefunden wurde, und macht eine kreisende Bewegung. »Wie ihr seht, liegt Busch in direkter Linie oberhalb des Ortes Bruchhausen, dem Ort, den der Täter definitiv durchfahren hat, als er Simone an der Talsperre ablegte.« Der Lichtstrahl folgt einer angenommenen Route nach Busch. »Das ist der direkte Weg dorthin. Es passt alles!«

»Übrigens sind wir höchstwahrscheinlich einem Irrtum aufgesessen, was die zeitliche Reihenfolge der Taten angeht«, meldet sich Christina Ohlsen zu Wort. »Es ist eher so, dass es nur so scheint, dass der Mörder sich von Süden nach Norden ›vorgearbeitet‹ hat. In Wirklichkeit wird es sich so verhalten haben, dass er danach vorging, wann und wo ein Haus verfügbar war. Er hat die Tour im Rahmen seiner beruflichen Tätigkeit garantiert häufiger gemacht. Das mit den Zeiten ist somit ein Riesenzufall, der uns jedoch unbestritten erst auf seine Spur brachte!«

»Es sind häufig irgendwelche Zufälle, die einen Serientäter zu Fall bringen«, kommentiert Donner Chrissies Bemerkung. »Zumindest ist jetzt aber einigermaßen verständlich, weshalb er sich vornehmlich auf Bundes- und Landstraßen fortbewegte. Allerdings ist das hier weitaus weniger, als ich mir erhoffte.« Er zeigt auf die Leinwand und Enttäuschung schwingt in seiner Stimme mit. »Nachdem, was wir jetzt wissen, ist es ohne weiteres möglich, dass Veit wieder auf dem Rückweg ist und sein letztes Opfer mit sich führt. Wir versuchen aber trotzdem unser Glück und brechen unverzüglich zu diesem Haus in Busch auf. Mit der ganzen Mannschaft und mit einer Hundestaffel, die Leitung der Aktion übernimmt Tobias.« Er schaut seinen Neffen an. »Drück uns die Daumen, denn du bleibst selbstverständlich hier bei mir!«

* * *

Veit stellt sein Reisemobil in den Schatten der Bäume neben der schmucklosen Blockhütte. Hier heizt es sich nicht so rasch auf wie in der Sonne und ist für zufällig vorbeikommende Spaziergänger nicht sofort zu sehen. So abgelegen, wie das Haus ist, kommt ohnehin nur alle paar Tage jemand hier vorbei. Wenn überhaupt. Und Feriengäste sind für die diesjährige, im Ausklang befindliche Saison nicht mehr zu erwarten.

Die Frau, deren Namen er nicht einmal weiß, ist also noch einige Tage in Sicherheit. Veit verzieht zynisch die Mundwinkel bei dieser Formulierung und macht sich an dem Vorhängeschloss zu schaffen, mit dem der Holzverschlag gesichert ist, in dem er die junge Frau vor zwei Tagen verstaute.

Für dieses Mal will er nur schnell nach seinem neuesten ›Spielzeug‹ sehen, sich damit beschäftigen wird er vorläufig nicht können, da er einige Tage unabkömmlich sein wird. Es gibt Komplikationen bei einem Neubau hier in der Gegend, um den er sich kümmern muss.

Da macht man einmal kurz das Scheißtelefon an, und schon kommt von diesen Sklaventreibern ein neuer Auftrag! Vor Montag oder Dienstag wird das hier garantiert nichts, das hatte ich mir aber anders vorgestellt! Außerdem dachte ich, ich wäre hier endlich fertig und könnte mich nächste Woche wieder in Richtung Heimat in Bewegung setzen. Pustekuchen!

Sollte die Frau bis zu seiner Rückkehr nicht überleben ... Veit zuckt gleichgültig die Schultern. Sterben wird sie so oder so. Er hebt mit beiden Händen den schweren Holzdeckel der Box an, in der sie liegt und schaut hinein.

»Hallo, mein Zuckerpüppchen!«, begrüßt er sein hilfloses Opfer mit kehliger Stimme.

* * *

Ein ganzer Konvoi ist auf der B56 unterwegs zum Zielgebiet nördlich der Talsperre. Zwei Einsatzwagen der Schutzpolizei führen die Kolonne mit eingeschalteten Blaulichtern an. Ihnen folgen die beiden Autos mit den Ermittlern des KK 1 und ein Mannschaftswagen der K-9. Das Schlusslicht bildet der VW-Bus der Forensik. Die Fahrstrecke wird von den Navigationssystemen in den Fahrzeugen mit knapp vierzehn Kilometern angegeben bei einer Fahrzeit von einundzwanzig Minuten.

Vom Revier ging es zunächst auf die Zeithstraße, die oberhalb des Stadtkerns auf die B56 mündet und ihren Namen beibehält. Ihr brauchtet sie nur noch zu folgen. Es ist kein Zufall, dass der Mörder vor Tagen exakt diese Strecke fuhr, als er Simone Wichmann entführte. Es handelt sich um den kürzesten Weg zum Ziel.

In Höhe der Gemeinde Heister weist Tobias Heller über Funk die Fahrer der Streifenwagen an, das Blaulicht auszuschalten, sie werden in wenigen Augenblicken am Ziel sein. Dann biegt der Konvoi links ab nach Busch, wo etwa einen Kilometer weiter ihr Ziel liegt: ein einfaches Blockhaus inmitten eines Waldstücks.

Es führt nur diese eine Straße dorthin, und es handelt sich um eine Sackgasse. Tobias entscheidet daher, beide Streifenwagen am Waldrand zurückzulassen. Sollte Veit sich hier aufhalten, wird ihn die Straßensperre hoffentlich wirksam an einer Flucht hindern.

Es ist Mittag. Somit sind beinahe achtundvierzig Stunden vergangen, seit Heike Krause in das Reisemobil Veits einstieg. Statistisch gesehen schwindet danach die Wahrscheinlichkeit, einen vermissten Menschen aufzuspüren, drastisch. Wird man das Mädchen hier und heute finden? Und wenn ja, lebt sie noch? Die Hütte liegt scheinbar verlassen vor ihnen, als die restlichen Fahrzeuge um die letzte

Wegbiegung fahren und sich vorsichtig nähern. Die Nerven sämtlicher Insassen sind bis zum Zerreißen gespannt.

Die Einsatzfahrzeuge verteilen sich vor der Hütte auf dem freien Platz, der fast rundherum von Bäumen umgeben ist. Chrissie Ohlsen, die sich mit Horst Weiland und Wolfgang Müller einen Wagen teilt, sieht es zuerst und macht die Kollegen mit einem erstickten Warnruf darauf aufmerksam: Im Schatten der Bäume neben der Blockhütte parkt, erst jetzt und aus dieser Perspektive nur für sie sichtbar, ein Wohnmobil. Und es ist weiß! Hektisch gestikulierend macht die Kommissarin die Insassen der übrigen Fahrzeuge darauf aufmerksam.

* * *

»Hallo, mein Zuckerpüppchen!«, dringt die verhasste Stimme des Entführers an ihre Ohren. Mit einem Schlag fällt jede Hoffnung auf Hilfe in sich zusammen. Sie kann zwar gegen die Sonne weiterhin kaum mehr als einen Schatten sehen, aber diese Stimme!

»Ich muss dich jetzt leider für ein paar Tage allein lassen«, hört sie den Mann reden und plötzlich plumpst ein Gegenstand neben ihr auf den Boden der Box. »Hab noch auf der Baustelle zu tun. Hier, damit du mir bis dahin nicht verdurstest!«

Bevor die junge Frau reagieren kann, wird die Klappe geschlossen und Dunkelheit legt sich erneut über sie. Dieses Mal ist sie ihr hochwillkommen. Panisch sucht sie in der Finsternis nach dem geworfenen Gegenstand, den sie aber erst nach einigem Herumtasten zwischen die gefesselten Hände bekommt.

Eine Flasche! Sie schüttelt das nicht sonderlich große Behältnis. *Sie ist aber nur halbvoll, ich werde mir den Inhalt einteilen müssen!*

Wie einen wertvollen Goldschatz wiegt sie die Wasserflasche fest in den Armen, jederzeit bereit, das kostbare Nass mit ihrem Leben zu verteidigen. Draußen verhallen die Schritte ihres Peinigers. Sie ist wieder allein.

* * *

»Was machen Sie da an meinem Auto?«, ruft eine aufgebrachte Stimme hinter ihrem Rücken. Denise Malowski und Tobias Heller, soeben damit beschäftigt, das von Christina Ohlsen entdeckte Wohnmobil aus der Nähe zu inspizieren, wenden sich gleichzeitig um und sehen einen Mann von den Bäumen her im Laufschritt herbeieilen. Hinter ihm ist eine jener großen Boxen aus Holz zu erkennen, wie sie zum Aufbewahren von Brennholz oder zum Kompostieren von Laub Verwendung finden.

In einem Reflex greifen sie und die um sie herumstehenden Kollegen an ihre Dienstwaffen, lassen die Hände aber sofort wieder sinken. Der Mann ist um die Vierzig, mittelgroß, schlank und hat dunkelblondes Haar. Nach allem, was man über Werner Veit weiß, handelt es bei *diesem* Mann schon mal nicht um den Gesuchten. Das weiße Wohnmobil, laut Nummernschild in Nürnberg zugelassen, ist zudem kein Mercedes, was unzweifelhaft am fehlenden Stern zu erkennen ist.

Der Mann wirkt verunsichert und schaut sich fassungslos um, als er das Aufgebot an Menschen, Fahrzeugen und Hunden sieht, die soeben von ihren Hundeführern aus dem Mannschaftswagen der K-9 geholt und angeleint werden. »Was zum Teufel geht hier vor sich?«, poltert er gleich los, nachdem er die Gruppe erreicht hat. Dann fällt sein Blick auf die Waffen der Männer und Frauen vor ihm und er begreift: »Sie sind von der Polizei?«

»Kripo Siegburg«, bestätigt Denise dem Mann und zeigt den Dienstausweis. »Hauptkommissare Malowski und Heller mit drei weiteren Beamten«, stellt sie die Truppe im Telegrammstil vor. »Sie bewohnen dieses Blockhaus, Herr ...?«

»Bergfelder«, antwortet der Angesprochene zögernd. »Reinhard Bergfelder. Und ja, ich habe dieses Objekt gemietet. Für vier Wochen. Darf ich fragen, um was es hier geht?«

»Dürfen Sie«, antwortet Tobias Heller ihm. »Wir haben aber keine Zeit! Sie sehen das Aufgebot an Beamten und Suchhunden? Wir haben den begründeten Verdacht, dass hier eine junge Frau gegen ihren Willen festgehalten wird. Sie ist in akuter Lebensgefahr! Sie zu finden, hat allerhöchste Priorität!«

»Ich bewohne das Häuschen zwar erst seit Montag letzter Woche, aber falls hier eine Frau versteckt wäre, hätte ich das garantiert mitbekommen«, wundert Bergfelder sich. »Ich habe jedenfalls nichts zu verbergen, tun Sie also, was Sie tun müssen, Herr Kommissar!«

***

Tobias Heller verteilt die vorbereiteten Duftproben an die Hundeführer. Es wurden für diesen Einsatz alle verfügbaren Wäschestücke mitgenommen, sodass jeweils zwei der insgesamt sechs Hunde eine andere Probe zum Schnüffeln angeboten bekommen: eine für Heike Krause, eine Weitere für Simone Wichmann und die Letzte für Werner Veit.

Während Reinhard Bergfelder unter Bewachung zurückbleibt - denn eine Tatbeteiligung ist nicht gänzlich ausgeschlossen - gehen die Hundeführer mit ihren Tieren den Bereich rund um das Blockhaus ab. Jeweils ein Mantrailer aus jeder Gruppe nimmt sich das Innere des Häuschens vor.

Schon nach wenigen Minuten kommen alle drei wieder nach draußen. Lediglich der Hund, der auf Veits Witterung angesetzt war, hatte seinem Führer durch sein Verhalten zu verstehen gegeben, dass er zwar die Spur aufnehmen, deren Verursacher aber nirgends hatte aufspüren können. Damit ist die Anwesenheit des Verdächtigen in der Vergangenheit zumindest bewiesen. Ansonsten war niemand in der Hütte zu entdecken. Und unterkellert ist das Haus nicht.

Aufmerksam verfolgen die Kommissare den Einsatz der draußen verbliebenen Mantrailer. Auch hier ist zunächst nicht zu erkennen, ob einer der Hunde eine Witterung aufgenommen hat, ziellos schnüffeln sie im Abstand von etwa einem Meter in der Gegend herum.

Bis mit einem Mal zwei der Tiere heftig an ihren Führungsleinen ziehen und auf den Waldrand zustreben. Und zwar genau auf den hölzernen Verschlag zu, aus dessen Richtung Bergfelder vor einer halben Stunde kam!

»Lasst ihn nicht aus den Augen!«, weist Tobias Heller die Oberkommissare Wolfgang Müller und Horst Weiland an, auf Bergfelder aufzupassen. Gemeinsam mit Denise Malowski und Christina Ohlsen eilt er zu dem etwa fünfzig Meter entfernten Objekt.

Was werden sie dort drin finden? Die Schülerin Heike Krause? Und falls ja, wird sie am Leben sein? Sie erreichen die Stelle gemeinsam mit den Hunden, die wild zu bellen beginnen, auf Befehl ihrer Führer jedoch gleich wieder verstummen. Der Deckel des Verschlages ist nicht mit einem Schloss gesichert, wie die Kommissare sofort erkennen. Das kann normalerweise nur bedeuten, dass er leer ist. Trotzdem halten alle Anwesenden den Atem an, als Heller langsam den schweren Holzdeckel hochklappt.

»Was siehst du?«, fragt Denise Malowski mit bangem Ton, weil ihr Partner nur stumm und regungslos ins Innere der Box schaut.

Statt eine Antwort zu geben, steigt Tobias Heller kurz entschlossen in das etwa brusthohe Behältnis, was ihm aufgrund der eigenen Körpergröße von 1,85 Meter kaum Mühe bereitet. Schon nach weniger als einer Minute erscheint sein Kopf wieder in der Öffnung und er hält Denise und Chrissie etwas hin, das er offenbar dort drin fand.

Die beiden Kommissarinnen schauen genau hin: Bei dem kleinen elektronischen Gerät in seiner Hand handelt es sich mit einiger Wahrscheinlichkeit um das verschollene Hörgerät der ermordeten Simone Wichmann!

DREIZEHN

Freitag, 7. September, 15:32 Uhr

»Und? Wie hat der Chef es aufgenommen?«, wird Tobias von Denise empfangen, als er ihr gemeinsames Büro betritt. Da bis auf Donner und dem Schülerpraktikanten alle Kommissare an der Aktion beteiligt waren, ist eine erneute Fallbesprechung überflüssig. Zumal man die vermisste Heike Krause nach wie vor nicht gefunden hat und die Zeit ihnen allen davonläuft. Die Uhr tickt unaufhaltsam zu Ungunsten der Schülerin. Tobias übernahm es daher, den Kommissariatsleiter nach ihrer Rückkehr persönlich über den Ausgang ihres Einsatzes zu unterrichten.

»Na, dass er nicht gerade begeistert war, kannst du dir ja sicher vorstellen«, brummt er mürrisch. Sie hatten alle so sehr gehofft, Heike dort zu finden und nach Hause bringen zu können. Aber alles, was dabei herauskam, war eine Bestätigung ihrer Theorie über die Gewohnheiten des Mörders. Von Heike Krause weit und breit keine Spur. Im Gegenteil: Da weitere in Frage kommende Lokalitäten nicht bekannt sind, stecken sie jetzt erneut in einer Sackgasse.

»Meinst du, es ist etwas dran an der Theorie, die Chrissie gestern auf der Fallbesprechung vortrug?«, ergreift Denise das Wort wieder, nachdem Tobias sich in Schweigen hüllt. »Das mit Overath?«

»Du meinst diesen abstrusen Gedanken, dass Veit sein nächstes Opfer auf der Landstraße nach Overath ablegt? Und wo soll sich deiner Meinung nach Heike Krause im Augenblick aufhalten? Nach allem, was wir bis jetzt über die Gewohnheiten Veits zu wissen glauben, müsste dieser Ort etwa vier bis fünf Kilometer davon entfernt sein, oder? Haben wir denn dort ein Ferienhaus der Firma Küpper? Nein, das haben wir nämlich nicht!«

»Zumindest haben wir durch die Aussage des Herrn Bergfelder eine Bestätigung für all das erhalten, was bisher nur Vermutungen waren, Tobi! Bergfelder bezog sein Feriendomizil am Montag, dem 27. August. Dem Tag, an dem Heimann die Leiche am Stausee fand. Wir können demnach davon ausgehen, dass Veit Simone Wichmann tötete, weil er sie dort nicht mehr unterbringen konnte. Und Bergfelders Beschreibung des Mannes, der ihm die Schlüssel überreichte, passt genau auf Veit!«

»Hast du eigentlich schon die Belegungsliste der Ferienhäuser von dieser Firma bekommen? Unter Umständen gibt es ja auf dem Weg in die andere Richtung ein passendes Objekt, das momentan frei ist und wo Veit sein derzeitiges Opfer gefangen hält.«

Denise Malowski stutzt kurz und schlägt sich dann die flache Hand an die Stirn. »An die hab ich ja in all der Aufregung überhaupt nicht mehr gedacht!« Hektisch checkt sie ihren Email Eingang. »Nichts! Na warte, denen mache ich aber jetzt endgültig Feuer unterm Hintern!«, schimpft sie. »Wir stehen hier buchstäblich mit dem Rücken an der Wand und diese selbstgefälligen Idioten glauben, uns verarschen zu können!«

Dass sich die ansonsten in allen Situationen meist besonnene Polizistin derart aufregt, kommt äußerst selten vor und Tobias erkennt daraus das wahre Ausmaß der Gefühle, die in der Partnerin toben, obwohl sie diese zu verbergen sucht. Es geht ihnen ja allen nicht anders.

»Ich übernehme den Anruf für dich«, entscheidet Tobias Heller spontan, weil die Kollegin ihm momentan doch etwas zu aufgewühlt erscheint und ein weiterer Misserfolg aufgrund mangelnder Kooperationsbereitschaft nicht hinnehmbar ist. Wie heißt es doch: Wie man in den Wald hinein ruft, so schallt es heraus. Mit einem Kopfnicken nimmt er den Zettel mit der Telefonnummer entgegen, den Denise ihm wortlos überreicht.

* * *

Heike sitzt aufrecht, mit dem Rücken an eine der Seitenwände der Box gelehnt. Es hat einige Mühe ihres entkräfteten Körpers gekostet, diese Stellung einzunehmen, aber es ist bequemer, als auf dem harten Boden zu liegen. Hier drin ist es stickig und brütend heiß, obwohl ihr Gefängnis gar nicht mal in der prallen Sonne steht. Sie hat mittlerweile endgültig jegliches Zeitgefühl verloren. Ist es wirklich erst Stunden her, dass ihr Entführer sie aufsuchte?

Wenn nur dieses unbändige Verlagen nach Wasser nicht wäre! Sie versucht zu schlucken, aber ihr

Mund ist trocken und die Zunge scheint auf ein mehrfaches ihres Volumens angeschwollen zu sein.

Wasser! Ich brauche Wasser!

Heike ist kaum noch zu einem zusammenhängenden Gedanken fähig, dennoch erinnert sie sich mit einem Mal wieder an das, was der Mann zu ihr sagte, bevor er verschwand. Wie ein Blitz durchfährt der Gedanke ihr Gehirn.

Die Flasche! Dieser Mensch hat mir doch eine Flasche dagelassen!

Mit kraftlosen Bewegungen tastet sie um sich herum den Boden ab, wozu sie sich aber zunächst in eine liegende Position bringen muss, wegen der gefesselten Handgelenke. Erst nach Minuten greifen ihre Finger das Behältnis. Und lassen es wieder fallen.

Leer! Die Flasche ist leer!

Nur zögernd kommt die schreckliche Erinnerung zurück: Beim Versuch, die Wasserflasche zu öffnen, entglitt diese ihren kraftlosen Händen und kullerte über den Boden davon. Bis sie sie endlich in der Dunkelheit wiederfand, waren nur noch wenige Tropfen darin, die sie gierig aufsog. Stumpfsinnig starrt sie in die Dunkelheit. Ihr ist zum Weinen zumute, aber Tränen sind keine mehr da.

Ich werde tot sein, bis man mich findet!

Langsam dringt diese schreckliche Erkenntnis in ihr Bewusstsein, bevor sie endgültig in eine tiefe, gnädige Ohnmacht fällt.

* * *

Chrissie Ohlsen dreht unentschlossen den Flyer in ihren Händen. »Ich habe ein weiteres Mal alle auf der Website gelisteten Objekte überprüft«, teilt sie ihrem Praktikanten gefrustet mit. »Aber das Blockhaus, wo wir heute waren, ist definitiv nördlich von hier das Letzte. Wenn der Chef mit seiner Befürchtung recht hat, und Veit sich auf dem Weg nach Süden befindet, kann er jetzt praktisch überall sein. Den finden wir nie! Und Heike Krause ebenfalls nicht, wir haben versagt, Erik!«

»Wir haben immerhin das Hörgerät gefunden«, antwortet Erik. »Das bedeutet aber doch, dass wir die ganze Zeit recht hatten, was die Zusammenhänge zwischen den Ablageorten der Leichen und den Orten, wo sie vorher versteckt waren, angeht!«

»Streng genommen ist es nur ein Indiz, Erik«, berichtigt die Kommissarin ihn geduldig. »Empirisch bewiesen ist unsere Theorie mit exakt *einer* Übereinstimmung dadurch nicht!«

»Nehmen wir mal an, es verhält sich so«, lässt der Junge nicht locker. »Dann trifft Ihre … äh, deine Annahme, dass er mit Heike in Richtung Overath unterwegs ist, unter Umständen ebenfalls zu. Und dann hält er sich immer noch dort in der Gegend auf!«

»Du hast eines vergessen!« Ohlsen hält den Flyer hoch. »Die haben da oben kein weiteres Haus mehr!«

»Hm. Die haben doch eine Menge solcher Objekte, oder?«, überlegt Erik. »Wie viele sind das? Zwanzig?«

»Vierundzwanzig, über den ganzen Bereich verteilt.«

»Die sind doch nicht alle an einem Tag entstanden, da kommen doch sicher immer mal welche dazu!«

Christina Ohlsen erkennt schlagartig die Möglichkeit, die Eriks Gedanke bietet und führt ihn an seiner Stelle fort: »Du meinst, es könnte welche geben, die auf der Homepage nicht aufgeführt sind, weil sie erst kürzlich fertiggestellt wurden?« Sie kneift die Augen zusammen. »Wenn das stimmt, schlage ich dich auf der Stelle für einen Orden vor!«

Sekunden später tippt sie mit fliegenden Fingern die auf der Rückseite des Flyers aufgeführte Nummer in das Tastenfeld ihres Telefons.

* * *

»... welchen Teil von *umgehend* haben Sie nicht verstanden? Meine Kollegin forderte Sie heute Vormittag unmissverständlich auf, die Belegungslisten Ihrer Blockhütten *umgehend* per Email an sie zu versenden ... ... das ist mir egal, ich benötige diese Informationen JETZT!«

Tobias Heller ringt ebenso mit einer offenbar begriffsstutzigen Mitarbeiterin der Firma Küpper wie Denise vor einigen Stunden. Es ist daher kaum verwunderlich, dass auch er jetzt langsam die Geduld verliert. »Wir haben Grund zu der

Annahme, dass in einem Ihrer Objekte eine junge Frau gegen ihren Willen festgehalten wird«, wirft er seiner Gesprächspartnerin einen Informationsbrocken hin. »Wenn dieser Frau etwas zustößt, mache ich Sie ganz persönlich dafür verantwortlich! … … In zehn Minuten? … … Danke, und auf Wiederhören!«

Denise öffnet den Mund, um einen bissigen Kommentar zu dem Telefonat abzugeben, wird aber durch Chrissie, die zur Tür hereingestürmt kommt, zunächst daran gehindert. Verwundert klappt sie ihn wieder zu. »Hoppla!«, empfängt sie die Kommissarin stattdessen mit hochgezogenen Augenbrauen.

»Wir haben eine neue Spur!«, ruft Chrissie ihnen zu, ignoriert den versteckten Tadel und rennt schon wieder davon. »… im Besprechungsraum!«, hören Denise und Tobias die leiser werdende Stimme der Kollegin. Alarmiert springen sie auf und folgen ihr im Laufschritt. Wenn Christina Ohlsen sich so verhält, ist es normalerweise allerhöchste Eisenbahn!

* * *

Auf dem Flur rennen sie beinahe ihren Vorgesetzten über den Haufen, weil Donner gleichzeitig mit ihnen aus seinem Büro, das ihrem genau gegenüber liegt, herausgelaufen kommt. Gemeinsam eilen sie zum Besprechungsraum, wo die anderen schon auf sie warten.

»Da seid ihr ja endlich«, ruft Horst Weiland ihnen ungeduldig entgegen. »Chrissie wollte partout nichts sagen, bis alle beisammen sind!«

»Wir haben keine Zeit zu verlieren!«, würgt Christina Ohlsen jeden weiteren Protest ab. »Wir müssen sofort los! Das heißt, falls es mir gelingt, euch von der Richtigkeit meiner ...« Sie schaut kurz zu Erik. »... unserer Theorie zu überzeugen. Erik äußerte nämlich vorhin mir gegenüber die Vermutung«, fährt sie im Eiltempo fort, »dass die Website der Firma Küpper unter Umständen nicht vollständig ist, von wegen Neubauten und so. Ich habe dann sofort bei denen angerufen!«

Denise Malowski lächelt still in sich hinein. Chrissies Anruf dürfte demnach zeitgleich mit dem von Tobias erfolgt sein. Und wie sie ihre äußerst temperamentvolle Freundin und Kollegin einschätzt, ließ sie sich nicht abwimmeln, bis sie den Chef persönlich in der Leitung hatte. Chrissie Ohlsen ist diesbezüglich unbestreitbar äußerst kreativ.

»Und zwar habe ich mit dem Inhaber gesprochen«, erhält sie sogleich die Bestätigung für ihre Vermutung. »Herr Küpper gab mir ein paar Adressen von Blockhütten, die erst kürzlich gebaut wurden. Und eine davon befindet sich ja sowas von an der richtigen Stelle!«

Chrissie nimmt sich die Zeit, einen triumphierenden Blick in die Runde zu werfen, weil sie etwas Ähnliches gestern erst äußerte, aber von niemandem ernst genommen wurde. »Für eine Präsentation ist jetzt keine Zeit, ihr müsst es euch eben anhand der schon am Whiteboard angehefteten Kartenausdrucke vorstellen. Objekt Nummer fünfundzwanzig liegt in der Nähe einer Ortschaft namens ›Növerhof‹ in der Nähe von Overath, gehört aber zu Much und somit zum Rhein-Sieg-Kreis. Die Hütte liegt an der L318, etwa sieben Kilometer von der in Busch entfernt, wo wir vorhin waren! Na, was sagt ihr?«

»Ich sage, das war gute Arbeit!«, übernimmt der Kommissariatsleiter das Kommando. »Denise, Tobias und Chrissie ... ihr drei setzt euch umgehend dorthin in Bewegung. Die Streifenwagen zur Unterstützung ordert ihr auf dem Weg nach draußen, ihr kommt ja an der Wache vorbei. Auf die Staffel Suchhunde verzichten wir erst einmal, wir wissen ja jetzt, was uns erwartet. Ich denke daher, dass ein Hund ausreicht. Horst und Wolfgang halten hier die Stellung, falls dieser Einsatz sich wider Erwarten erneut als Fehlschlag erweisen sollte. Wir dürfen in der jetzigen Situation keine Fehler mehr machen. Und jetzt ab mit euch, bringt mir Heike Krause!«

* * *

Die beiden Streifenwagen fahren mit eingeschaltetem Martinshorn und Blaulicht vor ihnen her und machen den Weg frei. Zweiundzwanzig Kilometer gab das Navi für die zurückzulegende Strecke an, bei einer Fahrzeit von dreiundzwanzig Minuten. Tobias Heller wies die Fahrer der blau-gelben Einsatzfahrzeuge vor Antritt der Fahrt zur größtmöglich vertretbaren Geschwindigkeit an. Ein nagendes ungutes Gefühl im Bauch sagt ihm, dass dieses Mal jede Minute zählt. Und sein Bauchgefühl trügt ihn höchst selten.

Von der K-9 ist wieder Hauptkommissar Heimann mit seiner Cassy dabei. Ein gutes Omen, hofft Heller. Mit den beiden hatte alles angefangen, wieso sollte es dann nicht auch mit ihnen enden? Alpha und Omega sozusagen, auch wenn Veit sich immer noch auf freiem Fuß befindet. Ihn *und* Heike dort in der Ortschaft Növerhof aufzuspüren, wäre natürlich optimal!

Er blickt auf die Uhr. »Noch zehn Minuten«, meldet er an Denise und Chrissie. »Wir sind gleich da, macht euch bereit!«

* * *

Je näher sie ihrem Ziel kommen, desto angespannter sind ihre Nerven. Jederzeit kann es geschehen, dass ein weißes Reisemobil mit Ahrweiler Kennzeichen entweder vor ihnen auftaucht oder auf der Straße entgegenkommt.

Die vorausfahrenden Funkstreifen haben zwar eindeutige Order erhalten, was in einem solchen Fall zu tun ist. Es sind sich aber alle darüber im Klaren, dass Veit in diesem Falle höchstwahrscheinlich Heike Krause mit sich führen würde und somit eine Geisel in seiner Gewalt hätte.

In diesem Augenblick ersterben vereinbarungsgemäß die Sirenen. Die insgesamt vier Fahrzeuge sind jetzt noch knapp einen Kilometer von ihrem Ziel entfernt, das gleich hinter dem Ortsausgang Növerhof auf einer Waldlichtung abseits der Landstraße liegt. Mit nur wenig mehr als Schritttempo biegen sie nacheinander in den schmalen, unbefestigten Waldweg ein.

Hinter einer Wegbiegung, von der Straße nicht einsehbar, steht eine nahezu identische Blockhütte wie die vom Vormittag vor ihnen. Sie sieht nicht bewohnt aus und ein fremdes Fahrzeug ist, so sehr sie sich umschauen, nicht in Sicht.

Innerlich aufatmend, verlassen Tobias Heller, Denise Malowski und Christina Ohlsen ihr Fahrzeug, die Hände an den Dienstwaffen, die sie jetzt wie auf Kommando synchron aus den Holstern ziehen.

Mit einem Wink gibt Tobias Heller dem Leiter der K-9 zu verstehen, dass er mit Cassy vorerst im Auto bleiben soll. Derweil blockieren die Streifenwagen die Zufahrt und behalten die Straße im Auge. Mit aller größter Vorsicht, und sich gegenseitig Deckung gebend, nähert sich das Trio dem Gebäude.

* * *

Auch wenn die Zeit drängt: Sicherheit geht vor. Tobias gibt Denise und Chrissie einen Wink, worauf sie sich das Innere des Hauses vornehmen, dessen Eingangstür zu ihrer grenzenlosen Verblüffung nicht verschlossen ist, was sie zu besonders großer Vorsicht veranlasst. Unverschlossene Haustüren lassen im Allgemeinen auf die Anwesenheit von Menschen schließen.

Die Hütte ist jedoch menschenleer. Die drei kleinen Räume sind schnell abgesucht, und so gesellen sich die Polizistinnen schon nach wenigen Minuten zu ihrem Kollegen, der sich mit einem Vorhängeschloss abmüht, das am Deckel eines hölzernen Verschlages angebracht ist. Eine exakte Kopie der Box, in der sie vor Stunden das Hörgerät fanden. Bei ihm sind Heimann und Cassy, die mit den Vorderpfoten ungeduldig an der Vorderseite des Verschlages scharrt.

»Ist sie da drin, Tobi?«, erkundigt sich Denise bei ihrem Partner.

»Ich weiß es nicht. Auf mehrfaches Rufen bekam ich keine Antwort. Wenn, dann ist sie nicht bei Bewusstsein!« Er rüttelt gefrustet an dem Schloss. »Ihr habt nicht zufällig eine Brechstange bei euch?«

Chrissie Ohlsen kneift die Augen zusammen. »Eine Brechstange zwar nicht …«, murmelt sie vor sich hin. »Bin gleich wieder zurück!«, ruft sie den beiden zu und läuft schnell zu ihrem Wagen. Zwei große Schraubenschlüssel schwingend, die sie offenbar dem Bordwerkzeug entnommen hat, kehrt sie schon eine Minute später zu ihnen zurück.

»Die sind zu dick, Chrissie!«, schüttelt Tobias den Kopf. »Als Hebel sind die nicht geeignet, der Spalt am Deckel ist nicht groß genug!«

Statt einer Antwort bugsiert die Kommissarin die beiden Maulschlüssel so in das Vorhängeschloss, dass jeweils eine Maulöffnung um einen der Schenkel des Bügels zu liegen kommt. Anschließend drückt sie die Stiele kräftig zusammen. Sekunden später ist das Schloss mit einem lauten Knall gesprengt! »Habe ich mal in einem Video gesehen«, kommentiert sie den Vorgang lapidar.

Tobias Heller schüttelt erneut den Kopf, dieses Mal aus purer Bewunderung. »Das hab ich ja noch nie gesehen!«, gesteht er verblüfft. »Okay, es geht weiter, seid ihr bereit?« Gemeinsam mit Kurt Heimann hebt er den Deckel an.

»Oh, mein Gott!«, ruft Denise Malowski erschrocken aus, als sie in die immer größer werdende Öffnung blickt. »Wir müssen sofort einen Rettungswagen anfordern!« Auf dem Boden des Behältnisses liegt, vollkommen regungslos und nur mit Unterwäsche bekleidet, eine an Händen und Füßen gefesselte Frau, und es besteht kein Zweifel: Es handelt sich um die vermisste Heike Krause!

»Hilfst du mir dabei, sie da herauszuholen?«, fordert Tobias Heller den Kollegen Heimann auf, und steigt zu der hoffentlich nur bewusstlosen Person in den Verschlag. Denise Malowski übernimmt derweil den Notruf. Sind sie wenigstens dieses eine Mal rechtzeitig gekommen?

* * *

Eine Stunde später

»Kommst du mit?«, erkundigt sich Chrissie Ohlsen betont harmlos bei ihrem Praktikanten, als ginge es darum, sie in die Cafeteria zu begleiten.

»Äh ... wohin denn?«

»Ich fahre zur Oma von Heike Krause. Ich dachte, du möchtest vielleicht mitkommen? Wo du doch dieselbe Schule besuchst. Und außerdem«, grinst sie ihn an, »hast du es dir mehr als verdient, dabei zu sein, wenn ich der armen Frau die Nachricht überbringe!«

Eine halbe Stunde später stehen sie vor der Wohnungstür der Mathilde Leitner in der Luisenstraße. Christina Ohlsen holt tief Luft und wappnet sich innerlich für das, was jetzt unweigerlich kommt. Nachrichten über das Auffinden vermisster Angehöriger zu überbringen, ist für Mitarbeiter eines Kommissariats, das normalerweise Mordfälle untersucht, nie angenehm, weil man oft nur vom Ableben eines geliebten Menschen berichten kann. Aber nicht heute!

»Frau Leitner?«, ergreift sie ohne Umschweife das Wort, nachdem die Frau die Tür geöffnet hat und sie sorgenvoll anschaut. »Kommissarin Ohlsen, Sie waren neulich bei mir ... Ich darf Ihnen mitteilen, dass wir Ihre Enkelin gefunden haben. Sie liegt in einem Krankenhaus hier in Siegburg und wir würden Sie gerne jetzt dorthin bringen.«

VIERZEHN

Montag, 10. September, 8:12 Uhr

»Ich bin noch nie so ungern ins Wochenende gegangen wie dieses Mal, Tobi!«, beichtet Denise Malowski ihrem Partner zwischen zwei Schlucken aus ihrer Kaffeetasse. »Was, wenn Veit nicht auf eure Finte hereinfällt? Dann ist er gewarnt, sobald er die leere Box entdeckt. Und das kann jeden Augenblick der Fall sein!« Vor ihr auf dem Schreibtisch liegt die heutige Ausgabe des *Rhein-Sieg-Anzeigers* mit einer großen Schlagzeile direkt vorne auf der Titelseite.

Tote Frau in Blockhaus gefunden!

Rhein-Sieg-Kreis. In einem Holzverschlag nahe einer Ferienwohnung in der Nähe der Ortschaft Növerhof bei Much wurde am Sonntagnachmittag die Leiche einer jungen Frau gefunden. Nach Angaben der zuständigen Polizeibehörde war sie an Händen und Füßen gefesselt und ist offenbar verdurstet. Wie lange sie dort schon festgehalten wurde, ist nicht bekannt. Sachdienliche Hinweise zur Aufklärung dieses mysteriösen Falles nimmt jede Polizeidienststelle im Rhein-Sieg-Kreis entgegen. Lesen Sie weiter auf Seite 3. (ref)

»Na, ein paar von uns waren schon am Wochenende hier«, widerspricht Tobias Heller ihr. »Wolfgang, Chrissie und ich haben uns ein weiteres Mal sämtliche Berichte vorgenommen. Die der KTU, der Pathologie und sogar die Fallakten der auswärtigen Kollegen. Ohne Ergebnis! Ich selbst habe am Samstag mit Oberkommissarin Frieda Herrmann aus Bad Neuenahr-Ahrweiler telefoniert. Die sind immer noch mit der Durchsicht der in Veits Wohnung sichergestellten Unterlagen und dem Computer beschäftigt. Bisher ohne konkrete Erkenntnisse. Frieda versprach aber, sich umgehend zu melden, wenn sich etwas daran ändert!«

Denise Malowski checkt ihren Email-Eingang. »Die haben doch tatsächlich endlich die Liste geschickt, um die wir sie mehrfach händeringend gebeten haben!«, ruft sie aus. »Am Samstag. Ich glaube es ja nicht! Hatten die zu dir am Freitag nicht von zehn Minuten gesprochen?«

»Die Liste mit den Belegungsplänen der Ferienhäuser? Da kann sich Chrissie mit befassen, leite die Mail doch bitte an sie weiter. Für uns ist das momentan weniger von Belang, denke ich, da wir Veits Schema schon erkannt haben. Und Heike haben wir ja auch ohne diese Information gefunden.«

Tobias greift zu seinem Exemplar der Tageszeitung, deren Leitartikel auf einen Vorschlag von Staatsanwalt Stein zurückgeht, der am Samstag ebenfalls in seinem Büro war. »Der getürkte Artikel verschafft uns aber hoffentlich etwas Luft, Denise! Also, ich finde die Idee unseres geschätzten Staatsanwalts gar nicht mal so übel, das hätte ich ihm gar nicht zugetraut! Gemeinsam mit den stündlichen Meldungen in den lokalen Radiosendern hindert es Veit unter Umständen an einer sofortigen Flucht, weil er glaubt, man wisse nichts von ihm.«

Werner Veit lenkt in bester Laune sein Wohnmobil auf die L318. Nur noch wenige Kilometer, dann kann er sich endlich seinem neuen ›Spielzeug‹ widmen! Beinahe liebevoll tätschelt er den Koffer mit der Kameraausrüstung auf dem Beifahrersitz. Mit ihrer Hilfe wird er wie immer alles dokumentieren. In Bildern und als Videofilm. Und dann ab ins Darknet damit, wo jeder Klick auf seine Seite ihm bares Geld einbringt!

Vergewaltigungs- und Mordszenen sind in diesen versteckten Bereichen des Internets äußerst beliebt, da kommt schon ein erkleckliches Sümmchen zusammen. Und die Nutten, die ich unterwegs auflese, vermisst doch sowieso niemand!

Flüchtig denkt er an den Ärger auf der Baustelle zurück, den er bei weitem noch nicht hinter sich hat.

Das wird die ganze Woche dauern, und das nur, weil mal wieder an allen Ecken gespart wird und statt Facharbeitern billige Arbeitskräfte aus dem Osten geholt werden!

Um sich abzulenken, schaltet er das Autoradio ein und sucht einen Sender mit seiner Lieblingsmusik.

* * *

»Für den Fall, dass Veit dort an der Hütte auftaucht, haben wir ja den Streifenwagen vor Ort«, ergänzt Denise Malowski Hellers Ausführungen. »Aber den können wir nicht mehr lange dort stationiert lassen, und die Kollegen aus Rheinland-Pfalz werden ihren Posten in Müllenbach vor seiner Wohnung ebenfalls heute oder morgen abziehen, fürchte ich.«

»Was wir jetzt dringend benötigen, ist eine Idee, wie wir dem Kerl auf die Spur kommen. Die Handyortung der Ahrweiler Kollegen hat bislang jedenfalls nichts ergeben. Frieda vermutet, dass er sein Telefon ausgeschaltet hat. Immerhin ist aber ein großer Druck von uns genommen worden, seit wir sein letztes Opfer am Freitag lebend bergen konnten. So sind wir in der Lage, uns jetzt auf das Wesentliche zu konzentrieren!«

»Du hast den Nagel mal wieder auf den Kopf getroffen!«, spottet Denise. »Und daher befassen wir zwei uns jetzt mit dem Naheliegenden. Lass mich nur schnell meinen Kaffee austrinken, dann können wir fahren!«

Tobias weiß, was die Kollegin meint. »Klar, wir sind ja seit Freitag in der komfortablen Situation, eine Augenzeugin zu haben!«, stimmt er ihr daher vorbehaltlos zu. »Und Heike ist vernehmungsfähig, wie mir die Stationsärztin vorhin am Telefon bestätigte. Dann wollen wir dem Glückskind mal einen Besuch abstatten!«

* * *

Im Autoradio läuft Country Musik. Radio Bonn-Rhein-Sieg, sein Lieblingssender, wenn er hier in der Gegend ist. Jetzt allerdings blendet das Lied mittendrin aus und ein Signalton kündigt eine Meldung an. Veit will schon auf einen anderen Sender schalten, als ihn die ersten Worte des Sprechers innehalten lassen.

»Wir unterbrechen unser Programm mit einer Eilmeldung. Ein Spaziergänger fand gestern Abend in einem Holzverschlag, der offenbar zu einem Blockhaus im Wald von Növerhof bei Much gehört, eine Leiche. Sein Hund hatte angeschlagen, und weil das Tier keine Ruhe gab, brach der Mann die Box auf. Drinnen fand er eine an Händen und Füßen gefesselte Frau. Die Kriminalpolizei in Siegburg geht von einer fehlgeschlagenen Entführung aus, nach ersten Verlautbarungen soll die Frau verdurstet sein. Sachdienliche Hinweise nimmt jede Polizeidienststelle entgegen. Weiter geht es mit Musik.«

Verstört schaltet Veit das Radio aus und tritt auf die Bremse, lässt das Fahrzeug am Straßenrand ausrollen.

Verdammt! Wie konnte das passieren? Ich hatte ihr doch Wasser dagelassen! Ich fahre besser nicht weiter, da wimmelt es doch sicher in den nächsten Tagen nur so von Bullen! Und wenn die genügend lange herumfragen, findet sich vielleicht doch noch einer, der sich an mein Fahrzeug erinnert! Dann geht es jetzt eben wieder zurück zur Baustelle, die ist weit genug vom Schuss.

* * *

Chrissie Ohlsen öffnet den Anhang der ihr vor wenigen Augenblicken von Denise weitergeleiteten Email. ›Ist ja klar, die Herrschaften Hauptkommissare sind mal wieder draußen unterwegs, und mir überlassen sie den Kleinkram!‹, grummelt sie in

Gedanken, als sie sieht, um was es geht. ›Aber wozu hab ich denn einen Praktikanten?‹ Kurz entschlossen leitet sie die Liste mit den Buchungsterminen der Ferienhäuser auf den Drucker in Denises und Tobias' Büro. Einen eigenen Drucker hat sie ja nicht und Erik hat keine Emailadresse.

Anschließend sucht sie die Kontaktadressen der Kriminalinspektionen in Rheinland-Pfalz zusammen, mit denen sie es in den vergangenen Tagen zu tun hatten und verschickt dorthin ebenfalls jeweils eine Kopie der Liste, damit die Kollegen vor Ort in den in Frage kommenden Objekten nach eventuell noch vorhandenen Spuren suchen können. Und damit sie wissen, worum es geht, kommt Denises Präsentation mit in den Anhang, sowie einige erklärende Worte. ›Und schon ist alles erledigt!‹, freut sie sich. Zu Erik, der mit irgendwelchen Recherchen im Internet beschäftigt ist, sagt sie: »Ich bin mal eben nach nebenan, ein paar Ausdrucke abholen. Wenn ich wieder zurück bin, kannst du die Angaben darauf mit den Daten über die Leichenfunde in Rheinland-Pfalz abgleichen, wenn du magst!«

»Ist gut!«, gibt Erik zerstreut zurück, ohne den Blick von seinem Notebook zu lösen.

Auf dem Flur wird die Kommissarin von Klaus Dreyer aufgehalten, der ihr vom Büro der Hauptkommissare entgegeneilt.

»Ah, Chrissie!«, spricht er sie an. »Denise und Tobias sind nicht in ihrem Büro. Ich habe hier die gefilterte Sprachaufnahme von diesem Notruf, den ich für euch analysieren sollte!«

Der IT-Spezialist hält ihr einen USB-Stick hin. »Ich weiß zwar nicht, ob das noch wichtig für euch ist, aber ...«

»Schon gut, Klaus. Ich höre mir das nachher an. Tobias und Denise sind zu einer Befragung rausgefahren, die kommen so bald sicher nicht wieder.«

Chrissie nimmt den Datenträger an sich und holt schnell die Ausdrucke ab. Anschließend eilt sie in ihr eigenes Büro zurück, begierig, zu erfahren, ob die bereinigte Tonaufzeichnung etwas hergibt. Während sie den Stick in einen freien USB-Slot steckt, bedeutet sie ihrem Praktikanten mit einem Wink, sich zu ihr zu gesellen. Dann startet sie erwartungsvoll die Sprachdatei.

»*Notrufzentrale. Was kann ich für Sie tun?*«, ertönt die bekannte Stimme der Telefonistin aus dem Computerlautsprecher. Nur, dass dieses Mal das monotone brummende Antriebsgeräusch des Wohnmobils weitestgehend durch einen speziellen Filter ausgeblendet ist und alle anderen Geräusche dadurch deutlich zu identifizieren sind.

So vernehmen Chrissie und Erik jetzt ein leises Schluchzen der Anruferin. Die Mitarbeiterin der Notrufzentrale wiederholt ihre Ansage, worauf eindeutig das Geräusch blockierender Räder zu hören ist. Der Fahrer des Autos legte soeben eine Vollbremsung hin. Dann das bereits bekannte Poltern eines zu Boden fallenden Handys und ... ein leises Jaulen.

»Veit hatte einen Hund im Auto, als er Simone Wichmann entführte!«, entfährt es Ohlsen entgeistert. »Das war also das Hintergrundgeräusch, das wir beim ersten Mal nicht zuordnen konnten!«

Sie stoppt die Aufzeichnung, denn was jetzt folgt, ist hinreichend bekannt. Ein weiteres Rätsel ist somit gelöst, allerdings wird diese Information sie kaum zu ihrem Täter führen, erkennt sie mit einiger Enttäuschung.

Erik dagegen macht ein nachdenkliches Gesicht. »Was hast du?«, fragt sie nach, weil sie mittlerweile in der Lage ist, einschätzen zu können, wenn der Junge etwas ausbrütet. Und nicht selten kommt sogar etwas Produktives dabei heraus!

»Ach, ich dachte gerade ... wir wissen doch jetzt, dass unser Mörder einen Hund hat«, überlegt Erik. »Und er führt ihn derzeit mit sich ...«

»Und worauf willst du jetzt hinaus?«, runzelt Chrissie die Stirn, weil sich ihr der Sinn hinter Eriks Rede nicht so recht erschließt.

»Viele Hunde haben doch diese Chips implantiert ...«, weiß Erik. »Kann man die denn nicht orten?«

Die Kommissarin muss jetzt doch schmunzeln. Solche Halbwahrheiten und Gerüchte halten sich selbst in der heutigen aufgeklärten Zeit erstaunlich hartnäckig. Oder gerade deswegen. Das Internet ist nämlich diesbezüglich eine wahre Fundgrube für jeden nur erdenklichen Unsinn.

»Nein, Erik. Dass man diese Implantate orten kann, ist ein Märchen«, klärt sie ihn auf. »Sogenannte *RFID Chips* für Hunde und Katzen bestehen im Wesentlichen aus einer winzigen Spule, die man mit einem speziellen Scanner ausliest. Dazu muss man diesen aber direkt an die Stelle halten, wo der Chip sitzt!«

Enttäuscht widmet der Praktikant sich wieder der ihm übertragenen Aufgabe. Chrissie tut der Junge leid, ist er doch mit Leib und Seele bei der Sache. Und was den Wunsch nach baldiger Aufklärung des Falles angeht, steht er den Ermittlern des KK 1 garantiert nicht nach.

Chrissie Ohlsen lässt seine Worte noch einmal Revue passieren, und nach einigem Nachdenken kommt ihr eine Idee, die in etwa darauf abzielt, was Erik vorhin sagte. Die Telefonnummer von Oberkommissarin Frieda Herrmann aus Bad Neuenahr-Ahrweiler ist schnell herausgesucht und schon wenige Sekunden später ist die Verbindung hergestellt.

»Frieda? Hier ist Christina Ohlsen von der Kripo Siegburg. Ich habe da mal eine Frage: Habt ihr in den Unterlagen aus Veits Wohnung etwas über einen Hund gefunden?……… Nicht? Könntest du denn diesbezüglich noch einmal genau nachschauen? Wir haben herausgefunden, dass Veit einen Hund bei sich hat. Es geht mir in erster Linie darum, ob das Tier eventuell eines dieser GPS-Halsbänder tragen könnte………Klar wäre das ein Treppenwitz, das weiß ich selbst!……… Ach, übrigens haben wir das Mädchen gefunden!……… Ja, lebend………Danke. Du meldest dich wieder?……… Okay, bis später dann!«

»Ist das nicht etwas sehr an den Haaren herbeigezogen?«, wundert sich Erik, der den Sinn des

Gesprächs begriffen hat. »Ein Hund mit GPS-Tracker, der uns schnurstracks zum Täter führt?« Dass er erst vor wenigen Augenblicken einen ähnlichen Gedanken äußerte, wird ihm nicht bewusst.

»Sicher ist es das! Und wenn ich das in einem Kriminalroman zu lesen bekäme, würde ich das Buch dem Autor um die Ohren hauen. Aber das hier ist die Realität, Erik. Es ist im Bereich des Möglichen, und wir dürfen es auf keinen Fall unberücksichtigt lassen, so unwahrscheinlich es sein mag! Es läuft zwar seit heute eine bundesweite Fahndung nach Werner Veit, es kann aber Jahre dauern, bis er irgendwo zufällig erkannt wird. Nein, Erik, wir haben jetzt die Möglichkeit, dieses Monster zu stoppen, und die müssen wir wahrnehmen!«

Chrissie Ohlsen hat sich förmlich in Rage geredet und hat durchaus noch viele weitere Argumente auf Lager, wird aber jetzt durch das Läuten ihres Telefons unterbrochen, welches eine bekannte Nummer im Display anzeigt. »Frieda?«, begrüßt die Kommissarin die Anruferin aus Bad Neuenahr-Ahrweiler erstaunt. »Das ging aber schnell! Sag bloß, ihr habt was gefunden!«

* * *

»Da hätten wir ja beinahe schon zu Fuß hingehen können«, bemerkt Denise Malowski, als sie das Helios Klinikum in der Ringstraße durch das breite Portal betreten. Die Klinik, in der Heike Krause seit Freitag liegt, ist weniger als einen Kilometer vom Kripogebäude entfernt. »Gab es denn dort oben kein näher gelegenes Krankenhaus, wo man sie hätte hinbringen können?«

»Die sind in der Gegend dort dünn gesät«, weiß Tobias Heller. »Gummersbach, Hennef, Eitorf ... Da gibt es geeignete Krankenhäuser. Über die B56 waren sie mit dem Rettungswagen schneller hier in Siegburg. Zumal nach der Erstversorgung keine akute Lebensgefahr mehr bestand, Heikes Zustand war wohl eher der Erschöpfung geschuldet.«

»Ist dir eigentlich klar, wie oft diese Bundesstraße in den letzten vierzehn Tagen namentlich genannt wurde? Wenn das hier vorbei ist, sollte man sie schleunigst umbenennen, ich krieg sonst noch eine B56-Phobie!«

Tobias lacht nur über den unfreiwillig komisch wirkenden Ausbruch der Kollegin und betätigt den Rufknopf für die Aufzüge zu den Stationen.

* * *

Heike Krause liegt in einem Drei-Bett-Zimmer der Abteilung für innere Medizin auf der dritten Etage. Die beiden anderen Betten sind derzeit entweder nicht belegt, oder die Patienten sind unterwegs, was für die anstehende Befragung durchaus von Vorteil ist.

Die Anwesenheit der weißhaarigen älteren Frau, die auf einem Stuhl neben Heikes Bett sitzt und sich bei ihrem Eintreten erhebt, überrascht die Ermittler nicht. Es handelt sich um die einzige bekannte Anverwandte des Mädchens: Mathilde Leitner, Heikes Großmutter. »Sie sind die Herrschaften von der Polizei«, stellt sie erfreut fest. »Ich habe mich noch gar nicht bei Ihnen bedankt, dass Sie mir meine Enkeltochter zurückgebracht haben!« Die Augen der Frau sind feucht geworden, während sie das sagte. »Danke ... für alles!«

»Das geht schon in Ordnung«, weist Denise Malowski die Dankesbezeugungen der Frau bescheiden zurück und lächelt still in sich hinein in Erinnerung an Christina Ohlsens Bericht. Frau Leitner hätte die Kommissarin mit ihrer impulsiven Umarmung fast erdrückt, als sie ihr am Freitagnachmittag die Botschaft überbrachte. »Wir müssten uns aber jetzt mit Ihrer Enkelin über den Mann unterhalten, der sie entführte«, wird sie übergangslos dienstlich. »Sie dürfen aber gerne dabei sein.«

»Wie geht es Ihnen?«, wendet sie sich anschließend an die Patientin, nachdem Frau Leitner mit einem Kopfnicken ihre Zustimmung gab. »Sie sehen heute auf jeden Fall schon wesentlich besser aus!«

»Danke!« Heike spricht leise und ihre Stimme klingt rau von der langen Trockenheit. Schließlich wäre das Mädchen um ein Haar verdurstet. »Sie wollen jetzt sicher von mir wissen, ob ich den Mann kenne, oder ob mir etwas Ungewöhnliches aufgefallen ist, richtig?«

»Der Mann, der Ihnen das angetan hat, wurde bisher nicht gefasst«, beantwortet Tobias Heller mit ernster Miene die Frage. »Jede winzige Kleinigkeit kann für uns von großer Wichtigkeit sein. Denken Sie daher bitte in Ruhe nach.«

»Es ... es kommt mir im Nachhinein alles so unwirklich vor ... als hätte ich wochenlang in dieser dunklen Kiste gelegen. An dem Tag ... es muss derselbe Tag gewesen sein, an dem Sie mich fanden, glaube ich. Er war da, irgendwann gegen Mittag, denke ich. Er brachte mir eine Flasche Wasser ...«

»Sagte er, warum er das tat?«, erkundigt sich Denise Malowski, weil dieses Verhalten ihr ungewöhnlich erscheint. Alle bekannten Opfer bekamen nach einhelliger Meinung aller beteiligten Rechtsmediziner vor ihrem Tod tagelang weder Nahrung noch Flüssigkeiten verabreicht.

»Nein ... ich weiß nicht ... ich war ja halb weggetreten. Und die Flasche hab ich fallen lassen, nachdem es mir endlich gelungen war, den Verschluss zu drehen. Ich war ja gefesselt. Und dann ist das ganze Wasser ausgelaufen!« Das Mädchen fängt in der Erinnerung an dieses schreckliche Ereignis heftig an zu weinen. »Jetzt weiß ich es wieder!«, hellt sich aber unversehens ihre Miene auf. »Er sprach von einer Baustelle, wo er die nächsten Tage zu tun hätte ... ja, genau, das sagte er, da bin ich mir jetzt sicher!«

»Und wo diese Baustelle liegt, erwähnte er nicht?«

»Nein, Frau Kommissarin. Das war alles, er machte die Klappe zu und ich lag wieder im Dunkeln. Aber da fällt mir noch etwas ein. Ich hörte einen Hund bellen, kurz bevor der Kerl auftauche. Ich dachte, es wären Spürhunde, die nach mir suchten ... Jetzt erinnere ich mich wieder ... Da war ein großer Hund in seinem Wohnwagen, als ... als ich zu ihm in den Wagen stieg. Ein Rottweiler, glaube ich. Hilft Ihnen das eventuell weiter?«

»Ein Hund? Ich fürchte, diese Information wird uns nicht wesentlich weiterbringen. Glauben Sie, Sie erkennen den Mann wieder? Bei einer Gegenüberstellung?«

»Da bin ich mir ganz sicher, Frau Kommissarin. Dieses Gesicht werde ich nie wieder vergessen!«

»Ruhen Sie sich jetzt etwas aus.« Denise Malowski schickt einen fragenden Blick zu ihrem Partner, der stumm mit dem Kopf nickt. Sie überreicht der Großmutter des Mädchens, die der gesamten Unterhaltung aufmerksam gefolgt ist, eine ihrer Visitenkarten. »Falls Ihnen etwas einfällt, wovon Sie glauben, dass es wichtig ist, bin ich unter dieser Telefonnummer jederzeit zu erreichen!«

Auf dem Weg zu den Aufzügen vibriert Denises Diensthandy in ihrer Tasche. Es ist zwar hier normalerweise Vorschrift, Mobiltelefone komplett auszuschalten, aber das hat sie dann doch nicht riskieren wollen. In dieser Phase der Ermittlungen wäre es sträflicher Leichtsinn, auch nur für eine einzige Minute nicht erreichbar zu sein, weil jederzeit einer der im Kommissariat verbliebenen Kollegen etwas herausfinden kann, das sie dem Mörder wieder näherbringt.

»Ja, Chrissie?«, meldet sie sich nach einem Blick auf die angezeigte Nummer. Anschließend lauscht sie konzentriert dem Redeschwall der Kommissarin am anderen Ende. »Ein Hund mit GPS-Tracker? Das ist aber jetzt nicht dein Ernst, oder?« Denise schüttelt ungläubig den Kopf und wird offenbar erneut von Chrissie zugetextet, wie Tobias Heller an ihrem ungeduldigen Gesichtsausdruck erkennt. Kollegin Ohlsen kann hin und wieder recht ausschweifend sein.

Mit einem Mal ändert sich aber Denises Miene und drückt nunmehr gespannte Aufmerksamkeit aus. Tobias kennt diesen Gesichtsausdruck: Seine Partnerin erhielt soeben eine brisante Information. »Was du nicht sagst!«, hört er Denise verblüfft sagen. »Dann gib mir doch bitte jetzt endlich die Koordinaten!«

Sie fuchtelt mit der freien Hand in der Luft herum und macht schreibende Bewegungen mit der Hand. Tobias begreift schnell und holt seinen Notizblock heraus. Sorgfältig notiert er, was die Partnerin jetzt für ihn laut wiederholt.

Denise steckt das Handy weg. »Wir müssen sofort los!«, gibt sie das Kommando, ohne auf das Gespräch mit Christina Ohlsen weiter einzugehen. »Ich erzähle dir alles unterwegs, wir haben keine Zeit zu verlieren!«

* * *

Was vorher geschah

»Warte mal kurz, Frieda!«, bremst Chrissie Ohlsen den Redefluss der Ahrweiler Kollegin. »Ich stelle auf Laut, damit mein Mitarbeiter mithören kann.« ›Erik ist bei uns, um etwas zu lernen‹, denkt sie. ›Da kann es nicht schaden, wenn er das hier mitbekommt.‹

»Hallo!«, ertönt kurz darauf die dunkle Stimme der Oberkommissarin. »Wegen deiner Idee mit einem GPS-Sender für Hunde ... Ich will es kurz machen: Es existiert in der Tat so ein Teil für Veits Hund ...«

»Aber?«, argwöhnt Ohlsen einen Pferdefuß, weil ihre Gesprächspartnerin alles andere als optimistisch klingt.

»Na ja, wie soll ich sagen ...? Er lag in seiner Wohnung, Veit hatte den Sender laut Kaufbeleg erst kürzlich erstanden und sicher vergessen, ihn mitzunehmen. Deswegen ging das mit der Recherche ja so schnell, er befand sich unter den Sachen, die wir von dort mitgenommen haben, als wir mit euch dort waren. Einer meiner Kollegen hat sich sofort daran erinnert. Tut mir echt leid, ihr wart so nah dran!«

»Mist!« Ohlsens Enttäuschung ist groß. Sie hatte zwar nicht großartig an einen Erfolg geglaubt, aber zu erfahren, nur knapp danebengelegen zu haben, ist schon heftig. »Trotzdem danke für die Info!«

»Ich habe da aber noch was für euch!«, hält Frieda Herrmann sie davon ab, das Gespräch zu beenden. »Genau genommen sind es sogar zwei Sachen. Zunächst: Wir freuen uns alle darüber, dass ihr das Mädchen retten konntet. Das war eine vorbildliche Leistung und ich soll euch vom ganzen Team dazu gratulieren!«

»Danke. Und das Andere?«

»Ich bin vorhin beim Stöbern in Veits Unterlagen auf eine Liste der von der Firma Küpper verwalteten Ferienhäuser gestoßen. Versucht ihr nicht seit Tagen, diese Angaben von denen zu erhalten? Ich hab da was läuten hören, als wenn die sich nicht eben sehr kooperativ verhielten.«

»Ja, das stimmt. Die waren etwas störrisch. Wir haben die Liste aber jetzt doch endlich erhalten.«

»Stehen denn auf eurem Exemplar auch die geplanten oder im Bau befindlichen Objekte?«, forscht die Oberkommissarin nach.

Christina Ohlsen schaut fragend zu Erik, der die ausgedruckte Liste zur Hand nimmt und nach kurzer Durchsicht den Kopf schüttelt. »Sieht nicht so aus«, beantwortet sie dann die Frage der Kollegin.

»Es scheint, dass Veit für diese Objekte ebenfalls zuständig ist«, erläutert Frieda Herrmann. »Auf jeden Fall stehen sie auf seinem Exemplar der Liste. Und eines der Häuser, die sich derzeit im Bau befinden, liegt bei euch in der Gegend. Ich habe deshalb vorhin bei der Firma angerufen. Veit wurde Ende letzter Woche beauftragt, sich darum zu kümmern, weil es diverse Probleme mit den Arbeitern gab. Ich dachte, diese Information könnte für euch von Bedeutung sein.«

Bei Chrissie Ohlsen läuten sämtliche Alarmglocken. »Mensch, Frieda! Das ist *die* Nachricht des Tages! Gibst du mir den Standort?« Sie will schon zu Stift und Papier greifen, sieht aber aus dem Augenwinkel, wie Erik dasselbe tut. Der Junge denkt eben mit!

»Danke, Frieda. Wir kümmern uns umgehend darum«, verabschiedet sie die Oberkommissarin, nachdem diese die Koordinaten für das besagte Objekt durchgegeben hat. »Wir halten euch auf dem Laufenden!«

Anschließend wählt sie mit fliegenden Fingern eine Handynummer. »Ich glaube, ich habe da was für euch!«, meldet sie sich atemlos bei Denise Malowski.

* * *

»Chrissie glaubte tatsächlich, dass ausgerechnet ein Hund mit einem GPS-Tracker am Halsband uns zum Täter führt?«, schüttelt Tobias den Kopf, nachdem Denise ihm das Nötigste mitgeteilt hat. Sorgfältig speist er die mitgeschriebenen Koordinaten in das Navi ein. »Bevor wir uns auf den Weg machen, beordere ich aber zwei Streifenwagen dorthin!« Er greift zu seinem Handy. »Zur Sicherheit. Die können ja später zu uns aufschließen.«

»Na ja ... so falsch hat sie gar nicht damit gelegen«, erinnert Denise ihn an das Gesagte und lässt den Motor an. »Ein solches GPS-Halsband existiert ja. Veit hat es seinem Hund nur nicht angelegt, sondern zu Hause gelassen.«

Sie verlässt den Klinikparkplatz und fädelt den Wagen in den fließenden Verkehr ein. Von hier aus sind es nur wenige Meter bis zur Zeithstraße, die oberhalb des Stadtkerns in die B56 mündet, Veits Lieblingsstrecke und nun auch ihr Ziel. Ihr Weg wird sie an der Wahnbachtalsperre vorbeiführen, wo vor heute genau zwei Wochen alles begann. Der Bundesstraße folgen sie dann bis kurz vor Much, wo laut Angaben der Firma Küpper ein neues Blockhaus im Entstehen begriffen ist.

Die Wahrscheinlichkeit, dass ihre Zielperson sich momentan dort aufhält, ist nach dem von Heike Krause Gehörten relativ hoch. Veit hatte ihr gegenüber ja erwähnt, zu einer Baustelle fahren zu müssen. Tobias Heller lässt das Seitenfenster herunter und befestigt mit geübtem Griff das mobile Blaulicht auf dem Dach. Es ist allerhöchste Eile geboten!

* * *

Werner Veit lenkt sein Reisemobil, das in den vergangenen Wochen auch sein Zuhause war, mit gemischten Gefühlen aus dem kleinen Waldweg hinaus auf die Bundesstraße. Das auf halbem Weg zwischen Much und Seelscheid gelegene Blockhaus ist jetzt in einem Zustand, dass selbst diese Nichtskönner von Bauarbeitern kaum noch etwas falsch machen können. Hatte er heute Morgen auf dem Weg zur Baustelle noch befürchtet, mehrere Tage damit zu vergeuden, lösten sich sämtliche Probleme im Laufe des Vormittages fast wie von selbst in Wohlgefallen auf.

Das war aber auch buchstäblich in letzter Minute. Einen Tag später, und man hätte die Hütte nur noch abreißen können! Nicht mal in der Lage, einen Bauplan richtig herum zu halten, sind diese Idioten!

Jetzt geht die Reise in Richtung Heimat: Seine Wohnung in Müllenbach, die er in etwa drei Stunden zu erreichen hofft, also am frühen Abend. Ganz gemütlich über Landstraße, wie in den Jahren zuvor. Die diesjährige Saison ist zu Ende, ab jetzt wartet nur ein langweiliger Schreibtischjob in der Zentrale in Nürburg auf ihn. Da ist nun wirklich keine Eile angesagt!

Das Malheur mit der Frau in Növerhof ist ja nun nicht mehr rückgängig zu machen. Es ist ihm immer noch unverständlich, wie jemand in drei oder vier Tagen verdursten kann, zumal er der Frau doch am Freitag etwas Wasser zur Verfügung stellte.

Ob es nicht genug war? Oder hatte sie vielleicht ein schwaches Herz?

Aus einer abergläubischen Furcht vor weiteren Horrormeldungen vermeidet er, das Radio einzuschalten. »Wir sind bald daheim!«, sagt er zu seinem Hund, der im Wohnbereich des Fahrzeugs auf dem Teppich döst und kaum Notiz von seinen Worten nimmt. Weit voraus sind jetzt näherkommende Sirenen mehrerer Einsatzfahrzeuge zu hören.

Ob da ein Unfall passiert ist? Ich kann mir einfach nie merken, ob das die Sirene eines Rettungswagens ist oder die der Polizei.

Dann erscheint das erste Fahrzeug in seinem Blickfeld, es hat ein mobiles Blaulicht auf dem Dach. Werner Veit begreift auf der Stelle, was hier abgeht. »Verdammt!«, flucht er unbeherrscht. »Wo kommen die denn jetzt her?« Zum Wenden ist weder genügend Platz noch Zeit, aber rechts geht ein Waldweg von der Straße ab. Kurz entschlossen reißt er das Steuer herum.

* * *

Hinter ihnen ertönen die Martinshörner mindestens zweier Einsatzwagen. Dem Klang nach liegen die Fahrzeuge etwa einen Kilometer zurück, holen jedoch schnell auf.

»Da kommt unsere Verstärkung!«, kommentiert Denise das willkommene Ereignis. »Wir sollten denen vielleicht sagen, dass sie die Sirenen abschalten, sonst hört Veit uns noch kommen und ... ich fasse es nicht!«, unterbricht sie sich und zeigt mit einer Hand in Fahrtrichtung. »Schau mal, wer uns da entgegenkommt!«

Tobias, der nach hinten geschaut hatte, um zu sehen, ob die Verstärkung schon in Schlagdistanz ist, dreht sich wieder um. Er muss zweimal hinschauen, aber das Bild ändert sich nicht: Auf der schnurgeraden Straße kommt ihnen ein Fahrzeug entgegen, und es ist das Reisemobil von Werner Veit!

»Den können wir nicht aufhalten, Denise!«, warnt er die Fahrerin des Dienstwagens vor unüberlegten Handlungen. Er weiß genau, was ihr jetzt durch den Kopf geht. »Gegen vier Tonnen Stahl kommen weder unser Audi noch die beiden Streifenwagen an! Wir müssen ihn passieren lassen und uns dann an ihn dranhängen!« Er will gerade zum Funkgerät greifen, um den uniformierten Kollegen eine entsprechende Order zu erteilen, als sich sämtliche Überlegungen als Makulatur erweisen.

Veit, der aufgrund des mobilen Blaulichts auf dem ihm entgegenkommenden Fahrzeug und der nahenden Sirenen garantiert sofort begriffen hat, was für ihn auf dem Spiel steht, reißt das schwere

Reisemobil herum und weicht in einen Waldweg zu seiner Rechten aus. Der Mercedes neigt sich zwar bedenklich zur Seite, kann aber von Veit durch gekonntes Gegenlenken wieder stabilisiert werden.

»Los, hinterher!«, gibt Tobias ein überflüssiges Kommando, denn Denise hat den Wagen mit einem hervorgepressten »Festhalten!« ebenfalls herumgerissen und setzt ihn hinter den des Flüchtenden, der jetzt auf dem holperigen Weg zwar langsamer vorankommt, aber mehr als fünfzig Meter Vorsprung hat.

»Ich frage mich, was der vorhat?«, murmelt sie vor sich hin. »Diese Waldwege enden doch alle in einer Sackgasse, das sollte er eigentlich wissen!«

Mittlerweile haben die Streifenwagen aufgeschlossen und fahren nunmehr unmittelbar hinter ihnen. Das enervierende Geräusch der Martinshörner bricht unvermittelt ab. Die Sirenen sind in der aktuellen Situation sinnlos geworden.

* * *

Der Weg endet abrupt nach einer Rechtskurve, hinter der das verfolgte Fahrzeug Sekunden zuvor verschwand. Denise und Tobias, die aus ihrem Auto springen, sobald es mit rutschenden Reifen zum Stehen gekommen ist, nehmen mit zeitlupenhafter Klarheit drei Dinge gleichzeitig wahr: Den Mercedes, der mit offener Seitentür quer vor dem angrenzenden Wald steht, den Mann, der im Laufschritt soeben zwischen den Bäumen verschwindet, und den riesigen Rottweiler, der ihnen mit gefletschten Zähnen entgegenkommt.

»Lauf du hinter Veit her, Denise!«, entscheidet Heller spontan. »Ich kümmere mich um den Hund!« ›Wenn das mal gut ausgeht‹, denkt er besorgt, weil der Rottweiler sich wie geplant ihm zuwendet, als Denise weisungsgemäß die Richtung ändert.

Stehen bleiben, die Augen konzentriert auf den Hund fixiert und im geeigneten Moment nach hinten abrollen, als das gefährlich aussehende Tier zum Sprung ansetzt, ist eins. Mit beiden Händen greift Heller beherzt in das Stachelhalsband am Hals des Rottweilers und dreht dem Tier solange die Luft ab, bis es jaulend aufgibt. In diesem Augenblick zerreißt ein Schuss die friedliche Stille des Waldes!

Einer der Polizisten, die jetzt ebenfalls herbeigekommen sind, hält eine Stange mit einer Schlinge zur Bändigung von Kampfhunden bereit, wie sie in manchen Einsatzfahrzeugen mitgeführt werden. Nachdem er und ein Kollege den Hund unter Kontrolle haben, eilt Tobias Heller mit gezogener Waffe in den Wald hinein, das Schlimmste befürchtend. Zwei der uniformierten Kollegen folgen ihm auf dem Fuße.

Nach einem minutenlangen, anstrengenden Lauf über Stock und Stein hält er erleichtert inne: Vor ihm steht Denise mit dem Rücken zu ihm und hält mit gezogener Pistole einen Mann in Schach, der mit erhobenen Armen etwa zwei Meter vor ihr steht: Werner Veit!

»Hast du vorhin geschossen?«, erkundigt er sich atemlos.

»Ja, in die Luft. Der wollte partout nicht stehenbleiben! Was hat dich aufgehalten?«, grinst sie ihn an.

»Ach, nur ein kleines Hündchen, Denise«, brummt er und holt die Kabelbinder aus seiner Jackentasche, während er sich dem Verdächtigen vorsichtig nähert. »Ihr Weg ist an dieser Stelle zu Ende, Herr Veit!«, belehrt er den Mann. »Sie sind hiermit wegen des dringenden Tatverdachts mehrerer Morde festgenommen!« Mit dem typischen ratschenden Geräusch schließt sich der Plastikstreifen fest um zwei Handgelenke.

Denise Malowski steckt die Waffe ins Holster und gesellt sich zu ihm. »Ich nehme alles zurück, Tobi. Die B56 ist eine Spitzenstraße!« Es besteht kein Zweifel: Das dynamische Duo ist seinem Ruf ein weiteres Mal gerecht geworden!

FÜNFZEHN

Dienstag, 11. September, 10:02 Uhr

Kommissariatsleiter Peter Donner steht dieses Mal nicht mit gezückten Farbstiften am Whiteboard, wie sonst bei Dienstbesprechungen. Nein, zur grenzenlosen Verwunderung seiner Mitarbeiter sitzt der Erste Hauptkommissar völlig entspannt mit am Tisch und lacht die Ermittler der Reihe nach an.

»Ich weiß nicht, was ich an euch mehr bewundern soll«, beginnt er aufgeräumt. »Eure Hartnäckigkeit, mit der ihr euch jedes Mal in einen Fall verbeißt, oder eure chaotische Vorgehensweise, die aber auf eine magische Art und Weise am Ende jedes Mal zum Ziel führt!«

»Ach, das sieht doch nur so aus, Chef!«, unterbricht Denise Malowski ihn lachend. »Wir sind eben ein Superteam mit einander perfekt ergänzenden Fähigkeiten!« Allen ist aber die grenzenlose Erleichterung darüber anzusehen, einen brutalen Serientäter mit vereinten Kräften endlich gefasst zu haben.

»Na ja, lassen wir das mal so stehen ... Was wir aber jetzt dringend benötigen, ist nicht etwa ein Geständnis«, erklärt Donner ihnen. »Die Beweise gegen Veit wiegen schwer genug für eine Anklage. Was der Staatsanwalt gerne hätte, ist eine Aufstellung sämtlicher Opfer, insbesondere der bislang nicht entdeckten. Einen Deal wird es aber nicht geben. Veit hat bei einer Verurteilung nicht nur mit einer lebenslangen Freiheitsstrafe zu rechnen, sondern darüber hinaus mit anschließender Sicherheitsverwahrung! Ihr müsst euch bei eurem Verhör etwas einfallen lassen, um ihm diese Informationen zu entlocken.«

»Das bekommen Tobias und ich hin«, gibt Denise Malowski sich siegesgewiss. »Wirst schon sehen!«

»Wenn nicht ihr, wer dann? Ich muss aber an dieser Stelle unbedingt ein Lob an unser jüngstes Teammitglied loswerden!«, fährt Donner fort. »Er wird uns zwar bald wieder verlassen, aber ohne seine Unterstützung wären wir heute nicht dort, wo wir sind. Du hast dich ausgezeichnet in das Team eingefügt und herausragende Arbeit geleistet, Erik, und ich werde mir noch eine angemessene Belohnung für dich ausdenken!« Ehrlicher Applaus brandet auf, den der Schülerpraktikant mit leuchtenden Augen über sich ergehen lässt.

»Abschließend informiere ich euch darüber, dass der Fall mit Ablauf des heutigen Tages für uns abgeschlossen ist und an die Staatsanwaltschaft zur Anklagevorbereitung übergeben wird«, fährt Donner in seinen Ausführungen fort. »Infolge der erdrückenden Beweislast gegen Veit ist dazu ein Geständnis, wie ich schon sagte, dieses Mal nicht zwangsläufig erforderlich.«

Donner hält einen Bericht der Rechtsmedizin hoch. »Ein vorläufiger Abgleich von Veits DNA mit den an den beiden Leichen vorgefundenen war nämlich erwartungsgemäß positiv! Den Rest wird ihm die Auswertung seines Computers durch die Kollegen aus Bad Neuenahr-Ahrweiler geben. Deren Abschlussbericht wurde vorhin durch Kurier überbracht, schaut ihn euch vor dem Verhör an. Aus der Nummer kommt er nicht mehr heraus, zumal wir mit Heike Krause eine Tatzeugin haben, die ihn eindeutig identifizieren wird!«

Er wirft einen zufriedenen Blick in die Runde, wobei er bei jedem Einzelnen seiner Ermittler kurz verweilt. »Wenn ich ein vorläufiges Resümee der vergangenen fünfzehn Tage ziehen wollte, wäre es dies: Wir haben ein Menschenleben gerettet, einen Serientäter gefasst, und ...« Der Erste Hauptkommissar zwinkert mit einer gehörigen Portion Schalk in den Augen in Denise Malowskis Richtung. »... eine Patrone verschwendet, aber das geht in Ordnung, denke ich. Das war ausgezeichnete Arbeit, Leute. Von euch allen!«

* * *

Während Denise Malowski die Aufnahmegeräte für die Vernehmung vorbereitet, ordnet Tobias Heller die mitgebrachten Unterlagen vor sich auf der Tischplatte an. Veit, der einen reichlich nervösen Eindruck macht, beobachtet jede Bewegung der Kommissare.

Die Vorliebe des Hauptkommissars, möglichst viele Akten zu Vernehmungen mitzubringen, dient zu keinem anderen Zweck, als einen Verdächtigen zu verunsichern. Wobei er dieses Mal nicht einmal mogeln muss, was sich an Schriftkram zum aktuellen Fall angesammelt hat, genügt bei weitem.

»Sie sind sicher, dass Sie auf Unterstützung eines Rechtsanwalts verzichten wollen, Herr Veit?«, beginnt Denise Malowski, nachdem sie die für das Protokoll vorgeschriebenen einleitenden Worte in das Mikrophon gesprochen hat. Werner Veit nickt stumm dazu.

»Bitte sprechen Sie in das Mikro!«, drängt die Polizistin.

»Ja, ich bin sicher!«, bequemt Veit sich zu einer Antwort. »Das ist doch alles ein großes Missverständnis! Dass diese tote Frau in einer der von mir betreuten Hütten lag, dafür kann ich schließlich nichts!«

»Auch nicht für die Frau in einem anderen ihrer Objekte?«, hebt Tobias Heller die Brauen. »Was für ein Zufall!«

»Mein Kollege meint die Hütte in Busch nördlich der Talsperre«, hilft Malowski dem Mann auf die Sprünge. »Wir fanden ein Hörgerät in dem dortigen Holzverschlag. Und das gehörte Ihrem letzten Opfer Simone Wichmann, die nach einer Zeugenaussage am 24. August um 21:20 Uhr in der Straße ›Am Probsthof‹ in Bonn-Endenich in Ihr Wohnmobil einstieg. Na, dämmert es?«

»Die Zeugin wird Sie bei einer Gegenüberstellung wiedererkennen«, informiert Heller ihn. »In diesem Zusammenhang habe ich eine Überraschung für Sie: Die junge Frau, die Sie vergangenen Mittwoch in der Zeithstraße in Ihr Auto lockten und anschließend betäubten, lebt! Die Nachricht von ihrem Ableben haben wir nämlich erfunden. Sie ist wohlauf und wird Sie ebenfalls wiedererkennen!«

»An einer Frauenleiche, die im vergangenen Jahr in der Nähe von Trier entdeckt wurde, fanden die dortigen Ermittler fremde DNA«, übernimmt Denise Malowski, ohne Veit Zeit zum Nachdenken zu lassen. »Identische Spuren gab es an der toten Frau, die Sie in der Nacht zum 27. August an der Talsperre ablegten. Und jetzt dürfen Sie gerne raten, was der Abgleich beider Proben mit *Ihrer* DNA ergeben hat!«

»Unsere Forensiker werden darüber hinaus Lackspuren, die Sie an einem Grenzstein hinterließen, als Sie Simone Wichmann an der Talsperre aus dem Auto luden, eindeutig Ihrem Fahrzeug zuordnen. Der entsprechende Kratzer auf der Fahrerseite ist nicht zu übersehen!«, fügt Tobias Heller hinzu. »Außerdem fanden wir in Ihrem Wohnmobil Gummistiefel, die in Größe und Profil exakt zu den Abdrücken passen, die Sie dort hinterließen, wo Sie die Leiche von Simone Wichmann ablegten. Und nicht zuletzt gibt es dort einen Reifenabdruck, der zu hundert Prozent mit dem Profil eines der Vorderreifen Ihres Fahrzeugs übereinstimmt!«

Veit ist mit jedem der Worte der Kommissare immer nervöser geworden und sitzt jetzt mit weit aufgerissenen Augen vor ihnen. Hatte er tatsächlich geglaubt, man könne ihm nichts nachweisen?

»Es war sicher vorübergehend für Sie von Vorteil, die Leichen auf Ihrem Weg in die nächste Stadt in einem anderen Zuständigkeitsbereich abzulegen«, ergänzt Denise Malowski. »Aber jeder macht irgendwann einen entscheidenden Fehler, und *Ihrer* war die Berechenbarkeit! Nachdem wir das Schema erst entschlüsselt hatten, war es nur eine Frage der Zeit, bis wir Sie zu fassen bekamen.«

Tobias Heller greift zu einer der Akten. »Die Kollegen aus Rheinland-Pfalz haben Ihre Wohnung auseinandergenommen«, informiert er den überführten Täter. »Auf Ihrem Computer fanden sie tonnenweise belastendes Material. Videos und Fotos von Ihnen mit Ihren Opfern, die Sie im Darknet veröffentlichten. Das haben die Forensiker unwiderlegbar nachgewiesen. Wir benötigen nicht einmal ein Geständnis, Herr Veit. Sie sind überführt!«

Denise Malowski beugt sich vor. »Auf Sie wartet eine sehr, sehr lange Haftstrafe, Herr Veit. Wenn Sie uns alle Hintergründe zu Ihren Taten nennen, wird es zu Ihrem Schaden nicht sein! Uns interessieren vor allem die Namen der Opfer, sofern Sie diese überhaupt kennen. Und die Orte, wo sie die armen Geschöpfe verscharrt haben, sowie die Adressen der Hütten, in denen Sie sie zuvor misshandelten und töteten!«

Auf der anderen Seite des Spiegels verzieht Kommissariatsleiter Donner die Mundwinkel zu einem Grinsen. Diese Formulierung ist typisch für Malowski: Nichts versprechen und dennoch dem Verdächtigen das Gefühl geben, eine Option zu haben.

Auf dieser Seite des Spiegels ist eine längere Pause entstanden, in der niemand etwas sagt. Denise Malowski und Tobias Heller schauen Werner Veit abwartend an. Der gibt sich nach einigen Minuten des Grübelns einen Ruck: »In Ordnung. Ich sage Ihnen, was Sie wissen wollen!«

* * *

Später

»Das haben wir doch wieder fein hinbekommen!«, freut sich Denise über die gelungene letzte Stunde. Nachdem Werner Veit sich nach anfänglichem Zögern endlich zu einem umfassenden Geständnis durchgerungen hatte, sang er wie ein Zeisig und gab ihnen alle gewünschten Informationen.

Im Prinzip lebte Veit seit geraumer Zeit gewisse perverse Neigungen aus, indem er junge Frauen in seine Gewalt brachte und in den Hütten, die er für die Feriengäste vorbereiten sollte, tagelang misshandelte, vergewaltigte, und zum Schluss tötete. Alles per Video und Fotografie dokumentiert und für andere Perverse ins Darknet hochgeladen, um sich zusätzlich daran zu bereichern.

»Ja, den mussten wir förmlich bremsen, sonst wäre der jetzt noch dran!«, erinnert sich Tobias. »Und dabei war er Kerl total emotionslos, als wäre das vollkommen normal!«

»Ich weiß nicht, ob ich das alles wirklich hören wollte, was der da abgesondert hat, Tobi. Der war so kalt wie ein Fisch, von Reue keine Spur. Ich bin froh, dass es endlich vorbei ist!«

»Wir können den Kollegen aus Rheinland-Pfalz, wo er ja die meisten Morde beging, jetzt aber zumindest einiges an Informationen geben. Diese werden hoffentlich helfen, die Frauen zu identifizieren und deren Angehörige ausfindig zu machen. So wird den Opfern eine späte Gerechtigkeit zuteil. Mehr können wir nicht tun, jetzt sind die Gerichte gefragt.«

»Ja, du hast recht«, antwortet Denise Malowski müde. »Veit wird für eine lange Zeit sitzen. Und bei der Schwere der Schuld, die er auf sich geladen hat, wird er mit anschließender Sicherheitsverwahrung rechnen müssen. Der kommt nicht mehr raus!«

»Weißt du was, Denise? Warum machen wir nicht heute mal früher Feierabend? Das haben wir uns verdient, und die Berichte können wir genauso gut auch morgen früh schreiben!«

»Du hast recht, es ist ja auch schon nach 16:00 Uhr. Ich werde gleich mein Kind in den Arm nehmen und es nie wieder loslassen ... Lass uns gehen!«

EPILOG

Nachdem der letzte Schuss verhallt ist, und sämtliche Schützen Schutzbrille und Gehörschutz abgelegt haben, holt Donner per Knopfdruck die Pappscheiben mit den Zielmarkierungen heran.

Melanie Heller vom Kriminalkommissariat 2, die ebenfalls an diesem morgendlichen Schießtraining teilnimmt, beäugt kritisch die Zielscheibe ihres Gatten. »Werden wir langsam alt, mein Schatz?«, kommentiert sie dessen Ergebnis spöttisch. »Deine Treffer liegen ja mindestens zwei Zentimeter auseinander!«

»Ja, wirklich witzig!«, brummt Tobias. »Die sind aber alle innerhalb der Markierungen! Und was ist mit deinen?« Vorsichtig schielt er an seiner Frau vorbei auf deren Scheibe, kann aber leider keinen Grund für eine flapsige Bemerkung finden und ergibt sich in sein Schicksal.

Erik, der das Schießen aus sicherer Entfernung verfolgen durfte, steht mit offenem Mund vor Chrissies Zielscheibe, in der wie gewohnt nur ein einziges großes Loch in der Mitte klafft. »Wow! Hast du die alle in dasselbe Loch geschossen?«, fragt er ›seine‹ Kommissarin beeindruckt.

»Das versucht sie uns jedenfalls seit Jahren weiszumachen«, grinst Tobias Heller, der unbemerkt hinzugetreten ist. »Wir haben es ihr bisher aber nicht widerlegen können.« Chrissie Ohlsen streckt dem vorlauten Kollegen nur keck die Zunge heraus.

»Möchtest du es auch mal versuchen?«, fragt Donner seinen Neffen, der daraufhin große Augen macht.

»Ich darf schießen?«, vergewissert Erik sich mit leichtem Misstrauen in der Stimme. »Kein Scheiß?«

»Ich hatte dir doch eine Belohnung versprochen!«, bekräftigt Donner das Angebot. »Aber nur unter gewissen Sicherheitsvorkehrungen. Du erhältst meine Waffe mit nur einer Patrone im Magazin. Kommissarin Ohlsen wird dir erklären, wie du damit umgehen musst. Danach stellst du dich vor die Scheibe und bekommst die geladene Pistole in die Hand. Ist das okay für dich?«

Nachdem der Junge mehrmals stumm genickt hat, nimmt sein Onkel das Magazin aus seiner Pistole, leert es komplett aus und zieht den Schlitten zur Kontrolle einmal zurück. Anschließend entnimmt er einer Schachtel eine einzelne Patrone, die er unter den aufmerksamen Augen seines Neffen in das Magazin einlegt. Dann reicht er die Waffe an Christina Ohlsen weiter.

Die zeigt Erik die teilgeladene und gesicherte Pistole. »Sieh her, Erik. Hier hinten ist ein V-förmiger Spalt. Siehst du den? Das ist die Kimme. Vorne auf dem Lauf ist ein kleiner Stift: das Korn. Du nimmst jetzt die Pistole so in beide Hände«, macht sie ihm die Handhabung vor, »und bringst Kimme, Korn und Ziel in eine Linie. Dann drückst du ab, ohne die Waffe dabei zu verreißen. Bekommst du das hin?«

»Ich glaub schon«, bringt Erik leise hervor, jetzt doch nicht mehr ganz so zuversichtlich. Gehorsam nimmt er seinen Platz vor einer frischen Zielscheibe ein, nachdem er Brille und Gehörschutz verpasst bekam. Chrissie stellt sich schräg hinter ihm auf und drückt ihm die jetzt scharfe Waffe in die Hand. Sekunden später peitscht ein einzelner Schuss durch die Halle. Mit zitternden Händen gibt der Junge die Pistole zurück.

»Ich bin mächtig stolz auf dich!«, versichert Donner ihm, nachdem er die Scheibe einer eingehenden Prüfung unterzogen hat. »Du hast dem Staat das Geld für eine neue Zielscheibe erspart. Diese hier ist nämlich völlig unversehrt und so gut wie neu!« In der Tat ist nicht ein einziges Einschussloch zu sehen.

Unter den sezierenden Blicken Melanie Hellers lässt er anschließend die Schachtel Platzpatronen verschwinden, die er noch in der Hand hielt. Von allen anderen unbemerkt, wie er glaubt. Verschwörerisch legt er einen Zeigefinger an die Lippen. Kriminalhauptkommissarin Heller nickt verstehend und wendet sich lächelnd ab.

ENDE

SCHLUSSWORT DES AUTORS

Im vorliegenden Buch habe ich mir erlaubt, erneut einige Bilder, vornehmlich als Geländekarten, in den Text einzufügen. Das soll aber nicht heißen, dass ich jetzt Bilderbücher schreibe, sondern ich möchte damit Ortsunkundigen eine Hilfe an die Hand geben, sich in die örtlichen Gegebenheiten hineinzudenken, weil Orte, Wege und Entfernungen für das Verständnis der Handlung von großer Wichtigkeit sind. Alle, die dort zu Hause sind, mögen darüber hinwegsehen.

Inspiriert zu meiner Geschichte wurde ich dieses Mal vom Schicksal der gehörlosen Gelegenheitsprostituierten Simone Dewenter, die am Abend des 29. Dezember 2002 in Bonn-Endenich in ein Auto stieg und drei Tage später auf einem kleinen Parkplatz in der Nähe von Trier ermordet und nur spärlich bekleidet aufgefunden wurde. Der Fall wurde nie aufgeklärt.

Wenn es auch hier ausnahmsweise einmal um eine größere Anzahl Leichen geht: Ich halte mein Versprechen, keine blutigen Szenen zu verwenden. Es wird niemals vorkommen, dass in meinen Büchern brutale Morde sozusagen vor Ihren Augen stattfinden! Die Serie lautet: *Denise Malowski und Tobias Heller ermitteln*, das bedeutet im Klartext: Das Opfer ist zu Beginn bereits tot. Da muss meiner Meinung nach nichts mehr visualisiert werden.

Dass es auch ohne reißerische Elemente möglich ist, eine fesselnde Handlung zu erfinden, hoffe ich, in dem vorliegenden Krimi wieder unter Beweis gestellt zu haben. Sie mit spannenden Geschichten zu unterhalten, ist mir wichtig. Daher hoffe ich, es ist mir auch dieses Mal gelungen, denn jetzt sind Sie als hoffentlich zufriedener Leser an der Reihe. Als selbst publizierender Autor muss ich mich nämlich auch um das Marketing kümmern und bin daher auf Ihre Unterstützung angewiesen. Sie helfen mir sehr, wenn Sie meine Bücher bei Amazon bewerten, über sie sprechen und sie weiterempfehlen.

Bleibt zu erwähnen, dass alle Orte sowie die technischen Möglichkeiten der Verbrechensbekämpfung im Wesentlichen korrekt wiedergegeben wurden, wenngleich die Ferienhäuser in der Realität *nicht* existieren!

Zu guter Letzt folgt wie immer der Hinweis, dass das Manuskript einem sorgfältigen Korrektorat unterworfen wurde. Bei einem solchen Umfang bleibt leider der eine oder andere Fehlerteufel trotzdem unbemerkt. Dies geht dann wie immer zu meinen Lasten.

Ihr René Falk